斜陽

しゃよう

首度公開太宰治情婦《斜陽日記》&《愛與死手記》創作祕辛、太宰治老家【斜陽館】特輯

作者｜太宰治

譯者｜黃瀞瑤

文豪書齋 108

斜陽

首度公開太宰治情婦《斜陽日記》&《愛與死手記》創作祕辛、太宰治老家【斜陽館】特輯

作　　者　太宰治
譯　　者　黃瀞瑤

野人文化股份有限公司
社　　長　張瑩瑩
總 編 輯　蔡麗真
責任編輯　鄭淑慧
專業校對　魏秋綢
行銷企劃　林麗紅
封面設計　蕭旭芳
內頁排版　洪素貞

出　　版　野人文化股份有限公司
發　　行　遠足文化事業股份有限公司（讀書共和國出版集團）
地址：231新北市新店區民權路108-2號9樓
電話：（02）2218-1417　傳真：（02）8667-1065電
子信箱：service@bookrep.com.tw
網址：www.bookrep.com.tw
郵撥帳號：19504465遠足文化事業股份有限公司客
服專線：0800-221-029
法律顧問　華洋法律事務所　蘇文生律師
印　　製　成陽印刷股份有限公司
初版首刷　2019年11月
二版首刷　2023年05月

歡迎團體訂購，另有優惠，請洽業務部（02）22181417分機1124

國家圖書館出版品預行編目 (CIP) 資料

斜陽 / 太宰治作；黃瀞瑤譯 . -- 二版 . -- 新北市：野人文化股份有限公司出版：遠足文化事業股份有限公司發行 , 2023.05
304 面 ; 14.8×21 公分 . -- (文豪書齋 ; 108)
ISBN 978-986-384-870-7(平裝)
861.57　112005305

ISBN 978-986-384-870-7(平裝)
ISBN 978-986-384-872-1(EPUB)
ISBN 978-986-384-871-4(PDF)

SYAYOU

《斜陽》＆太宰治故鄉青森縣文學之旅特輯

《斜陽》與《人間失格》並列太宰治破滅美學的代表作

——《斜陽》：引起時代風潮的太宰治代表作
——《斜陽》女主角的原型：太田靜子
——太田靜子的手記《斜陽日記》與《斜陽》的創作祕辛
——太宰治的另一個情婦：山崎富榮與她的《愛與死手記》

青森縣太宰治故鄉文學旅行

弘前市
——太宰治學習之家（舊藤田家宅邸）
——弘前大學（舊官立弘前高等學校）
——弘前市立鄉土文學館＆舊弘前市立圖書館

五所川原市金木町
——斜陽館（舊津島家宅邸）
——太宰治疏散之家（舊津島家新座敷）
——蘆野公園
——驛舍

太宰治一一〇週年生誕紀念活動

——太宰治生誕祭（舊櫻桃忌）
——津輕鐵道紀念太宰治一一〇週年生誕

《斜陽》與《人間失格》並列太宰治破滅美學的代表作

《斜陽》：引起時代風潮的太宰治代表作——

《斜陽》是太宰治的中篇小說。首次發表於一九四七年七月號的《新潮》雜誌，共分為四次連載（七月號～十月號）。同年十二月十五日由新潮社發行單行本，甫上市立刻成為大受歡迎的暢銷書。當時甚至還衍生出「斜陽族」這個流行語，用來形容戰後逐漸沒落的上流階層。連太宰治位於青森縣五所川原市金木町的老家，也以此書為名，被命名為「斜陽館」。

太平洋戰爭末期，太宰治帶著妻小疏散到位於津輕的津島家，並在當地獲知戰爭結束的消息。戰後ＧＨＱ（駐日盟軍最高司令官總司令部）實

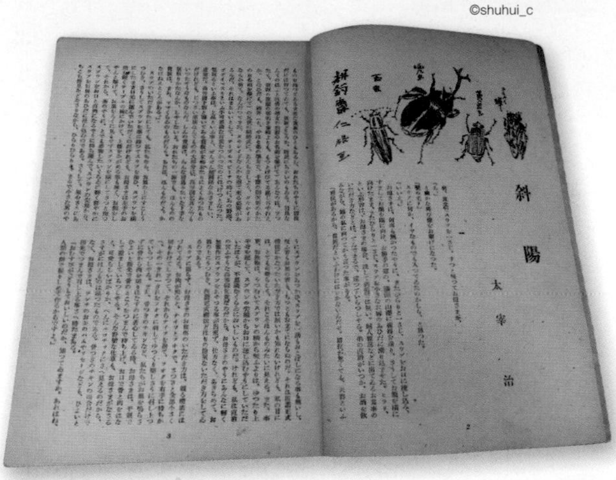

〈斜陽〉於昭和二十二年（1947年）七月號的《新潮雜誌》第一次連載

行農地改革，原是當地大地主的津島家也受到了影響。看著逐漸沒落的老家，讓太宰治想起了俄國作家契訶夫的劇作《櫻桃園》中因為家道中落而不得不賣掉心愛老家的大地主一家。親身體驗到世態炎涼與人情冷暖，讓太宰治興起寫一本「日本版《櫻桃園》」的念頭，而書名就是代表夕陽西下好景不再的「斜陽」。

《斜陽》一書中，女主角和子寫給心儀作家上原二郎的信中曾多次提到契訶夫的劇作《櫻桃園》、《海鷗》，並用「My Chekhof」（我的契訶夫）稱呼對方，由此可知，太宰治創作《斜陽》一書時，確實特別在意契訶夫。

©shuhui_c

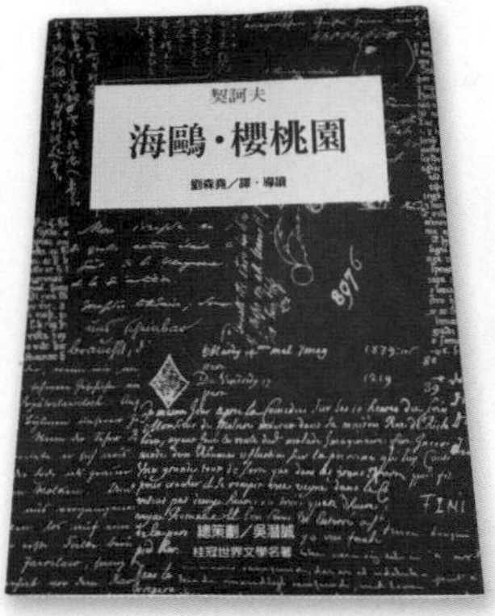

契訶夫的知名劇作《海鷗・櫻桃園》（桂冠圖書出版）

《斜陽》女主角的原型——太田靜子——

太田靜子出生於大正二年（一九一三年）八月十八日。出身醫生世家的她是太宰治的女弟子，同時也是情婦之一。《斜陽》即是以她所提供的日記為題材寫就的作品，靜子就是《斜陽》女主角和子的原型。

靜子曾有過一段失敗的婚姻，女兒出生不久即夭折。之後，她離婚回到娘家。她一直想將自己對女兒死亡的愧疚寫成自白風的小說，在讀了太宰治的《虛構的徬徨》之後極為震撼，因而寫信給太宰治。太宰治則回信「有時間可以來找我玩」。

昭和十六年（一九四一年），靜子與友人拜訪太宰治位於東京三鷹市的家，之後太宰主動聯絡靜子，兩人祕密約會數次。昭和十八年（一九四三年）年底，靜子與母親疏散至位於神奈川縣足柄下郡下曾我村的「大雄山莊」。靜子的母親在戰爭結束後不久即因肺結核過世。之後，靜子將自己與母親在山莊的回憶以日記自白的形式寫下來。期間，

太田靜子

太宰治與靜子一直保持聯絡。靜子在信中提及自己的日記，以及她想要個孩子。

昭和二十二年（一九四七年）一月，太田靜子造訪太宰治位於三鷹的工作室。太宰治提出想看靜子的日記，作為新作品的題材。靜子回應，交出日記的條件是，太宰治必須到下曾我村拜訪她。二月，太宰治依約來到下曾我，兩人發展至肉體關係。拿到靜子的日記後，太宰治下榻於靜岡縣內浦村的安田屋旅館，開始《斜陽》的寫作。

五月，太田靜子在弟弟太田通的陪同下，前往三鷹告知太宰治自己懷孕一事。《斜陽》的故事發展漸漸脫離原本設定的「日本版《櫻桃園》」，加入更多現實中靜子與太宰的感情糾葛。對於懷有自己孩子的情婦，太宰治一改先前的態度，顯得冷漠而疏離，並逃避與靜子面對面談話。心碎的靜子只好黯然離開。而這次的會面，也成了太宰治與靜子最後的見面。

一九四七年十一月十二日，靜子生下她與太宰治的女兒。太田通前往三鷹拜訪太宰治，要求對方承認這個孩子。太宰治為兩人的女兒取名

「治子」，並立書承認治子是自己的親生女兒。

證明

太田治子，這孩子是我可愛的孩子，妳要以父親爲榮，健康平安地長大。

昭和二十二年十一月十二日　太宰治

同時，太宰治還承諾母女倆的生活若有困難可以找他。十二月十五日，《斜陽》由新潮社出版，立刻成為轟動一時的暢銷書。

太田靜子與女兒治子

太田靜子的手記《斜陽日記》與《斜陽》的創作祕辛——

昭和二十三年（一九四八年）六月十三日，太宰治與情婦山崎富榮投水自殺。之後，太宰治的師父井伏鱒二、好友今官一等人拜訪靜子，要求她放棄繼承權並簽下「今後不做任何損及太宰治名譽及其作品的言行（包括接受報紙雜誌的訪問及發表手記）」的誓約書，交換條件是《斜陽》改版的版稅十萬日圓。

但靜子不堪津島家對自己母女冷淡的態度，遂打破約定於該年十月出版了《斜陽日記》，即之前靜子提供給太宰治作為《斜陽》創作題材的手記。

由於日記的內容與《斜陽》完全重複的部分過多，因此有人質疑手記是太宰治死後靜子捏造的。兩年（一九五〇年）後靜子又出版了《憐我歌》講述兩人愛情故事，卻遭到當時文壇的刻意忽略。之後她便以幫人煮飯和宿舍管理員的工作維生，撫養女兒治子長大成人。

昭和五十七年（一九八二年）十一月二十四日，靜子因肝癌去世，享

©shuhui_c

太田治子《向著光明之處》
（朝日新聞出版）

©shuhui_c

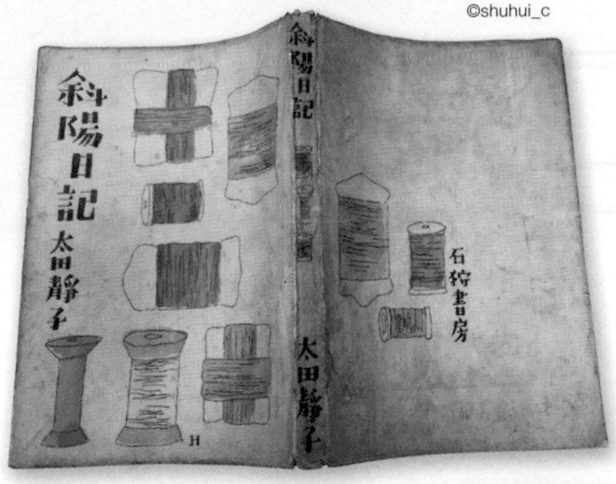

初版《斜陽日記》（石狩書房，書籍裝幀由知名雜誌《生活手帖》總編輯花森安治負責，昭和23年10月15日出版）

年六十九歲。

太宰治與靜子的女兒太田治子在其著作《向著光明之處：父親太宰治與母親太田靜子》一書中，證實《斜陽》一書中的諸多段落，如：和子誤燒蛇蛋並遇見母蛇、浴室的火災、被徵召從事勞動工作時遇到的溫柔將官、和子母親的病況……等細節，甚至連名句「我堅信人類是為了戀愛和革命而出生的」，都是引用自太田靜子的日記。

雖說如此，《斜陽》中引用靜子日記的內容只到第五章，之後第六章至第八章的靈感雖然來自靜子寫給太宰治的信，以及兩人的現實生活，但確實是太宰個人的創作，尤其女主角和子的弟弟直治這個角色，從他的日記及遺書，可以窺見太宰治的心路歷程與內心糾葛。

太宰治的另一個情婦——山崎富榮與她的《愛與死手記》

昭和二十三年（一九四八年），太宰治在六月投水自殺，十月，太田靜子的《斜陽日記》出版，而太宰治的另一位情婦山崎富榮的手記《愛與死手記》則早一個月於九月出版，兩位情婦的手記皆由石狩書房出版。由此可見，太宰治的自殺與緋聞，是當時紅極一時的文壇驚爆話題。

山崎富榮出生於大正八年（一九一九年）九月二十四日，職業是美容師。她是太宰治晚年的看護及祕書，支撐著太宰治寫完人生集大成的不朽名作《人間失格》。

山崎富榮

《愛與死手記》自昭和二十二年（一九四七年）三月二十七日開始寫起，那天富榮在路邊酒攤結識了太宰治。富榮的二哥山崎年一恰巧是太宰治讀弘前高校時認識的學長，而當時她租賃的房間正好又面對太宰治的工作室，即使富榮並未讀過太宰治的作品，卻仍對他心生好感。

當時富榮的身分其實是有夫之婦，新婚不久後，丈夫即遠赴戰場，生死不明。根據富榮的手記記載，兩人在五月二十一日首次發生肉體關係。七月，富榮接到丈夫確定戰死的通知，更加義無反顧地投入與太宰治的不倫之戀，兩人約好一起共赴黃泉。

值得一提的是，昭和二十二年（一九四七年）五月二十四日富榮的日記中，曾提及太田靜子，富榮以「斜陽那位女士」稱呼靜子。當時已懷有太宰治小孩的靜子，與弟弟一同前往三鷹找太宰治，在小酒館中遇到了山崎富榮，兩人還一起吃了烏龍麵。這段真實故事也被寫入《斜陽》，文中那位在小酒館中親切接待和子的千惠小姐，其實就是山崎富榮。不過，當時富榮只知道靜子是提供《斜陽》寫作題材的人，並不知道她與太宰治真實的關係。

得知太田靜子在十一月十二日產下太宰治的女兒之後，富榮受到極大的衝擊，甚至以死要脅太宰治今生不得再見靜子。自此，為避免靜子與太宰治藕斷絲連，富榮以太宰治代理人的身分親自回覆靜子的信。

另一個情敵的出現？——

在《愛與死手記》的後半，太宰治的健康狀態每況愈下，精神的不穩定加上四角戀的糾葛與折磨，兩人一同赴死的念頭越來越強烈。

這段期間，在富榮的照顧之下，太宰治完成了《人間失格》以及最後的遺作〈Goodbye〉。然而，自昭和二十三年（一九四八年）五月下旬開始，富榮的日記出現了始料未及的展開。另一個女人出現在兩人看似牢不可破，實際上卻極為脆弱的關係中。富榮在日記中形容「她」：「畢業自女子大學。美女。身材苗條。個性溫婉，精通法文，幾乎沒有缺

©shuhui_c

初版《愛與死手記》（石狩書房出版）

三鷹市玉川上水
的新橋

點。是出身良好（父親是醫生）的大小姐。」這名女子是太宰治的粉絲，兩人三年前就已認識。

女子的出現，將富榮逼至歇斯底里的狀態，她擔心自己也將面臨被拋棄的命運，更害怕自己只是遭到了太宰治的利用。

昭和二十三年六月十三日，山崎富榮寄出最後一封信給太田靜子，信中寫道：「修治先生是個軟弱的人，他無法再為了妳、我或其他人犧牲奉獻。因為我喜歡修治先生，所以我決定陪他一起死。」當天深夜，兩人綁著紅繩，於三鷹玉川上水投河自殺。

兩人的屍體於六月十九日清晨在玉川上水的新橋附近被發現。那年，太宰治三十九歲，富榮二十八歲。兩人的屍體被發現後，關於富榮強迫太宰治自殺的傳聞甚囂塵上，更有人指出太宰治是他殺而非自殺。面對世間的指責，富榮的老父只回應：「很抱歉小女驚擾了社會大眾。」

六月二十一日，富榮的親屬悄悄為她舉辦了喪禮，遺骸葬在永泉寺的山崎家之墓。

太宰治故鄉青森縣文學之旅

弘前市

太宰治學習之家（舊藤田家宅邸）

位於弘前市的「太宰治學習之家」（舊藤田家宅邸）是太宰治於昭和二年四月至昭和五年三月度過多愁善感青春期的房子。藤田家是津島家的親戚，青少年時期的太宰治曾寄宿於此，每天前往附近的弘前高等學校讀書。

這裡展示了太宰治就讀弘前高校時期的大量照片與筆記本塗鴉，是了解年輕時期太宰治的重要古蹟。位於二樓的太宰治房間，完整保存了當初他寄宿於此的原貌。有太宰治實際使用過的書桌與生活用品，細看屋梁，還可以看到太宰治求學時期刻在上頭的數學公式，臨窗的桌上放

藤田家長男拍攝的太宰治照片

館內展示了大量珍貴資料

太宰治學習之家

地址：青森縣弘前市御幸町9-35（自JR奧羽本線弘前車站步行約20分鐘）
營業時間：上午10：00～下午4：00
休館日：12月29日～1月3日
參觀費：免費參觀，有日文導覽員

著留聲機（非當時太宰實際使用過的留聲機），高校時期沉迷於日本傳統曲藝義太夫的太宰治，經常在房間內練習。

房間內展示的照片，大多由藤田家的長男木太郎所拍攝，相片中的太宰治時而露出天真無邪的笑容、時而擺出耍帥的姿勢，讓人一窺日本大文豪調皮的一面。另外，一樓的展示區域除了太宰治在弘前高校時期創刊的雜誌《細胞文藝》復刻版，還有太宰治與同學、教授聚會的照片，席間作陪的藝妓就是太宰治花錢請來的，可以看到無賴派代表作家自年輕時期就放蕩不羈的一面。

「太宰治學習之家」不僅是日本大文豪太宰治年輕時期住過的重要史蹟，其獨特的「中廊下平面住宅」建築，更是研究大正時代建築的重要資料，因此成為弘前市指定的有形文化財產。

位於二樓的太宰治房間

太宰治實際使用過的桌子

刻在屋梁上的數學公式，是太宰治求學時期留下的痕跡

弘前大學（舊官立弘前高等學校）——

距離「太宰治學習之家」約十分鐘步程的弘前大學，前身就是太宰治青少年時期就讀的舊官立弘前高等學校。校園內隨處可見太宰治求學當時的痕跡，例如：西洋建築風格的外國人教師館，即舊制弘前高校外籍教師的宿舍，建造於大正十四年（一九二五年），原本位於弘前市富田，於平成十六年（二〇〇四年）遷至現址。

平成二十一年（二〇〇九年）為紀念弘前大學創立六十週年，以及太宰治一百週年生誕所建立的文學碑即位於外國人教師館隔壁，上頭刻有小說《津輕》中的一文。

大學附屬圖書館附近有弘高生青春之像，雕像旁的舊制弘前高校畢業生名簿碑上，可以在第七屆的畢業生中看到「津島修治（太宰治）」。

除了以上景點，弘前大學附屬圖書館內收藏了太宰治高校時代英文、修身兩個科目的筆記本。上頭有太宰治親筆畫的人物肖像畫，修身筆記本封面上有太宰治當時使用的筆名「辻島眾二」（日文發音同本名

弘前大學內的太宰治文學碑

文學碑上引用小說《津輕》序章中的一節：「我還有別的專業科目。世人們稱那科目為『愛』，是研究人心交流的科目。我在這次的旅行中，最主要探求的就是這個課題。」文學碑右方是太宰治弘前高校時期的照片，左方是太宰治的浮雕雕像。

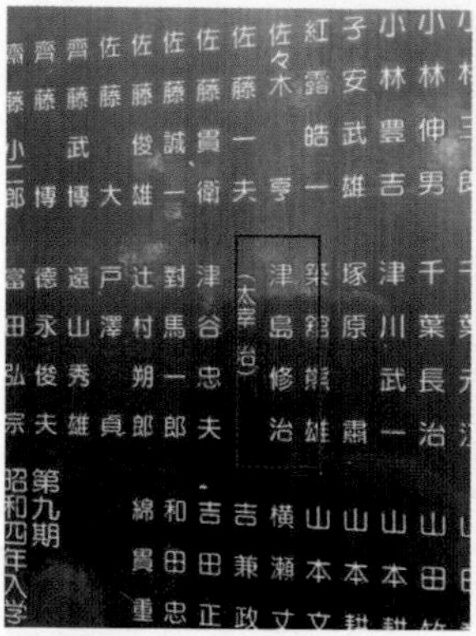

©shuhui_c

©shuhui_c

弘高生青春之像與舊制弘前高校畢業生名簿碑

©shuhui_c

舊制弘前高等學校
外籍教師宿舍

「津島修治」），有興趣的讀者可以向一樓館員借閱復刻版筆記本，親身感受太宰治獨樹一格的繪畫風格。

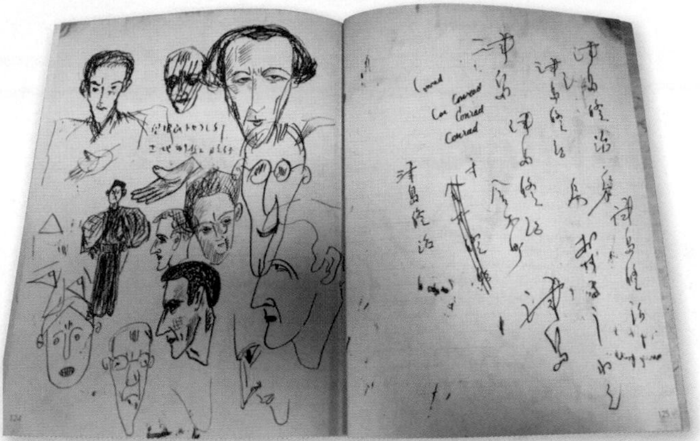
©shuhui_c

©shuhui_c

附屬圖書館館藏的太宰治修身筆記本（復刻版）

弘前大學附屬圖書館官網上的太宰治筆記本數位版

弘前市立鄉土文學館&舊弘前市立圖書館——

弘前市立鄉土文學館專門展示與弘前有淵源的文學家的相關資料。一樓設置了太宰治的常設展，展示了作品的原稿、初版書籍，以及作家生前愛用的遺物，是太宰治的書迷絕對不可錯過的景點。

二〇一九年，為紀念太宰治一一〇週年生誕，館內舉辦「太宰治生誕一一〇週年紀念展——太宰治與弘前」，展示了名為「太宰治百面相」的照片海報，可以看見文豪各式各樣的表情，還有現存最早的太宰治信件、高校時代創刊的同人雜誌《細胞文藝》……等，全都是與舊制弘前高校時代太宰治相關的展示品，

館內舉辦的「太宰治生誕一一〇週年紀念展」宣傳單與門票

弘前市立鄉土文學館

地址：青森縣弘前市下白銀町2-1
營業時間：上午9：00～下午5：00（最後入館時間為下午4：30）
休館日：12月29日～1月3日、3月22日～3月31日（展示替換期間）
參觀費：大人：100日圓、中小學生：50日圓
交通方式：在JR東日本弘前車站城東口，搭乘100日圓土手町循環巴士，於「市役所（市公所）前巴士站」下車，步行一分鐘

展示期間至二〇一九年十二月二十八日為止。

此外，鄉土文學館旁邊的舊弘前市立圖書館也是值得一看的景點。圖書館建於明治三十九年，由當時知名建築匠人堀江佐吉所建，獨特的八角雙塔造型與文藝復興風格，至今仍保存得相當完好。位於五所川原市金木町的太宰治老家「斜陽館」，也是堀江佐吉所建，館內可免費參觀。

弘前市立鄉土文學館

舊弘前市立圖書館

五所川原市金木町

斜陽館（舊津島家宅邸）——

「斜陽館」是太宰治的父親津島源右衛門在明治四十年（一九〇七年）建造的豪宅。身為青森大地主的源右衛門請當代知名建築匠人堀江佐吉，以珍貴的青森檜木打造了這棟和洋折衷形式的大宅。兩年後，太宰治在這棟大宅內出生。

斜陽館為兩層樓構造，一樓有十一個房間，約兩百七十八坪，二樓有八個房間，約一百一十六坪，加上附屬建築物與庭園，總計六百八十坪。昭和二十三年（一九四八年），因為農地改革失去以往大地主的身分與財產，津島家不得不忍痛賣掉這棟房子。

自昭和二十五年（一九五〇年）至平成八年（一九九六年）的四十六年間，斜陽館作為旅館，成為無數太宰治粉絲必定造訪的聖地。之後，由舊金木町出資買下這棟建築物，自平成十年（一九九八年）起，成為太宰

華麗氣派的「斜陽館」，被當地人戲稱為「龍宮」。在金木當地人眼中，這棟兩層樓的豪華宅邸，無異是民間傳說中才會出現的建築物。

斜陽館

地址：青森縣五所川原市金木町朝日山412-1（自津輕鐵道線金木町車站步行約七分鐘）
營業時間：上午9：00～下午5：00（最後入館時間為下午4：30）
休館日：12月29日
參觀費：大人：600日圓；高中、大學生：400日圓；中小學生：250日圓

©shuhui_c

上／一樓共有四個和式客廳，拆掉紙門後，就成了六十三張榻榻米大的超寬闊客廳。令人遙想當年津島一族的盛況。
右／「斜陽館」與「舊津島家新座敷」的共同門票

治的紀念館。斜陽館於平成十六年（二〇〇四年）被指定為國家重要文化財產，隔年因為鄉鎮合併，成為五所川原市的資產，目前由NPO法人金木元氣俱樂部管理營運。

「斜陽館」一名源自太宰治的名著《斜陽》。描寫沒落貴族故事的《斜陽》一書，同時也暗喻著戰後沒落的大地主津島家的命運。

斜陽館必看！必體驗！8大亮點！

亮點1

金碧輝煌的津島家佛壇

明治四十年（一九〇七年），豪華的宅邸即將完工，太宰治的父親源右衛門特地向京都的佛壇名店訂製了這座金碧輝煌的佛壇。當時的價格是四百日圓，換算成今日的幣值約二千五百萬日圓。

©shuhui_c

亮點2

太宰治出生的房間

這個房間位於宅邸後方樓梯北側，約五坪大。原本是太宰治姨母的房間，當時充作產房使用。因為太宰治的母親體弱，所以太宰治幾乎是由姨母與保母阿竹帶大，母愛的缺乏，讓太宰治一生追尋可以讓他安心的女人。

©shuhui_c

亮點3 青森檜木打造的西式樓梯，通往二樓的西式房間

斜陽館採用當時相當摩登的和洋折衷式建築，西洋風格的樓梯由厚重的青森檜木打造。二樓的西式房間主要是用來接待重要客人，津島家平時生活作息主要還是在和室內。

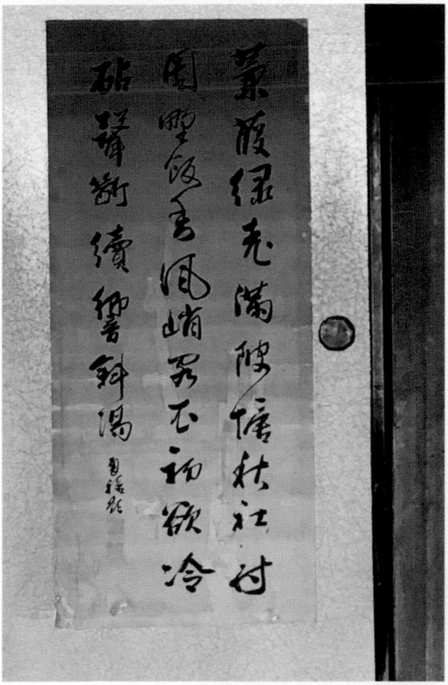

亮點 4

太宰治母親房內的斜陽掛軸

左二紙門上最後一句詩句「砧聲斷續響斜陽」，呼應了斜陽館的名稱。

亮點5 金銀和式紙拉門和室

太宰治在《津輕》一書曾提及，在金色紙拉門包圍的豪華和室內大啖螃蟹，感受到自己和兄長不同的生活層次，內心感到忐忑不安。

亮點 6

特別資料展覽館

資料展覽館由倉庫改建，館內展示太宰治生前寫作用的文具、桌子、親筆原稿、書信、太宰治穿過的和式禮服、雙層披肩外套、初版的作品，以及各國翻譯的太宰治作品……等珍貴史料。

左／太宰治生前常穿的雙層披肩外套
下／寫作用的桌子

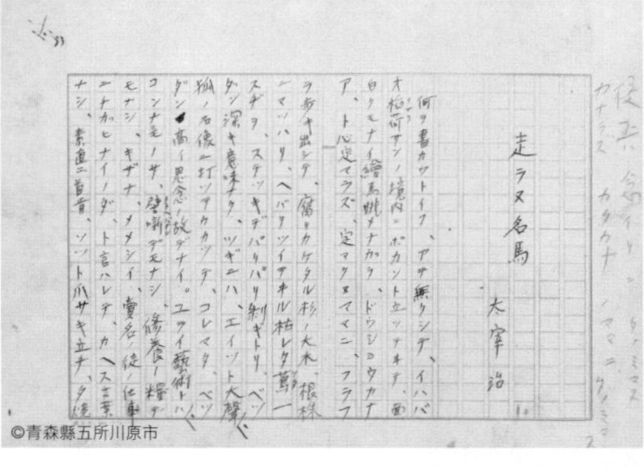

太宰治的親筆手稿〈奔跑的名馬〉

初版《津輕》

亮點 7

與太宰治合照

下載專用APP後掃描QR Code，就可以與太宰治合照！（兩款，坐姿和站姿）

亮點 8

變身太宰治

在廚房旁的體驗區，穿上太宰治最常穿的雙層披肩外套，體驗一下成為文豪的感覺！

太宰治疏散之家（舊津島家新座敷）

位於斜陽館附近的「太宰治疏散之家」是太宰治的兄長文治夫婦在大正時代增建的建築，當時被用來作為兄長夫婦的新居使用。跟斜陽館同樣是和洋折衷式建築，當時津島家的人都稱呼這部分的增建為「新座敷」。

太平洋戰爭末期，為了躲避東京頻繁的空襲，太宰治帶著妻兒先疏散至妻子娘家所在的山梨縣甲府，之後甲府也遭到空襲，於是太宰一家回到老家津輕，住在與斜陽館倉庫（今資料特別展覽館）東側相連的「新座敷」。在這棟建築物裡，太宰治創作了〈潘朵拉的盒子〉、〈苦惱年鑑〉、〈親友交歡〉、〈冬之花火〉、〈春之枯葉〉、〈鏗鏗鏘鏘〉……共二十三篇作品。

戰後，沒落的津島家賣掉了主屋（即「斜陽館」），將後來增建這部分的建築物拖曳至距離主屋兩百公尺的地點，也就是現今「太宰治疏散之家」的位置。之後，這棟建築物兩度易主，於二〇〇六年公開給一

太宰治疏散之家

地址：青森縣五所川原市金木町朝日山317-9
（自津輕鐵道線金木町車站步行約三分鐘）

營業時間：上午9：00～下午5：00

參觀費：500日圓

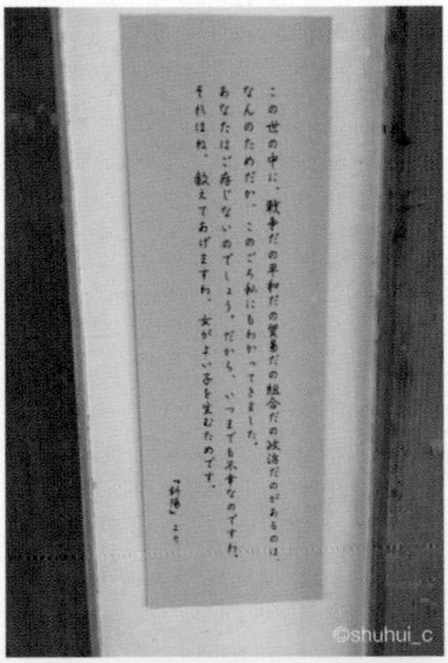

上／太宰治疏散之家

右／建築物內部多處貼有太宰治作品中的名句

下／建築物內部

般民眾參觀。這裡也是太宰治戰時疏散所住過的房子中，唯一僅存的一棟。

太宰治創作二十三篇作品的房間
©shuhui_c

蘆野公園

地址：青森縣五所川原市金木町蘆野
（自津輕鐵道蘆野公園車站步行七分鐘）

蘆野公園內的津輕鐵道

蘆野公園

蘆野公園有津輕鐵道通過，是日本知名的百大賞櫻名勝之一，園內種植約兩千兩百株櫻花樹與一千八百株老松，在這裡可以享受到大自然的四季美景，是太宰治最喜愛的散步地點。

園內除了津輕三味線發祥地之碑，還有兒童動物園、露營場、蘆野觀音堂等景點。二〇〇九年，為紀念太宰治誕生一百週年，公園內建造了太宰治的銅像，銅像由雕刻家中村晉也製作，雕像參考了太宰治三十五歲在三鷹自家附近散步時的照片，身穿雙層披肩外套的太宰治雕像，臉朝著老家斜陽館的方向，露出若有所思的表情。

雕像附近有座太宰治文學碑，碑上刻著法國詩人保爾・魏爾倫（Paul Verlaine）詩作中的一節「被神選中的／恍惚與不安／在我身上共存」，太宰治曾在他的短篇作品〈葉〉中引用這段句子。文學碑最上方的不死鳥雕刻，則代表著太宰治的重生。

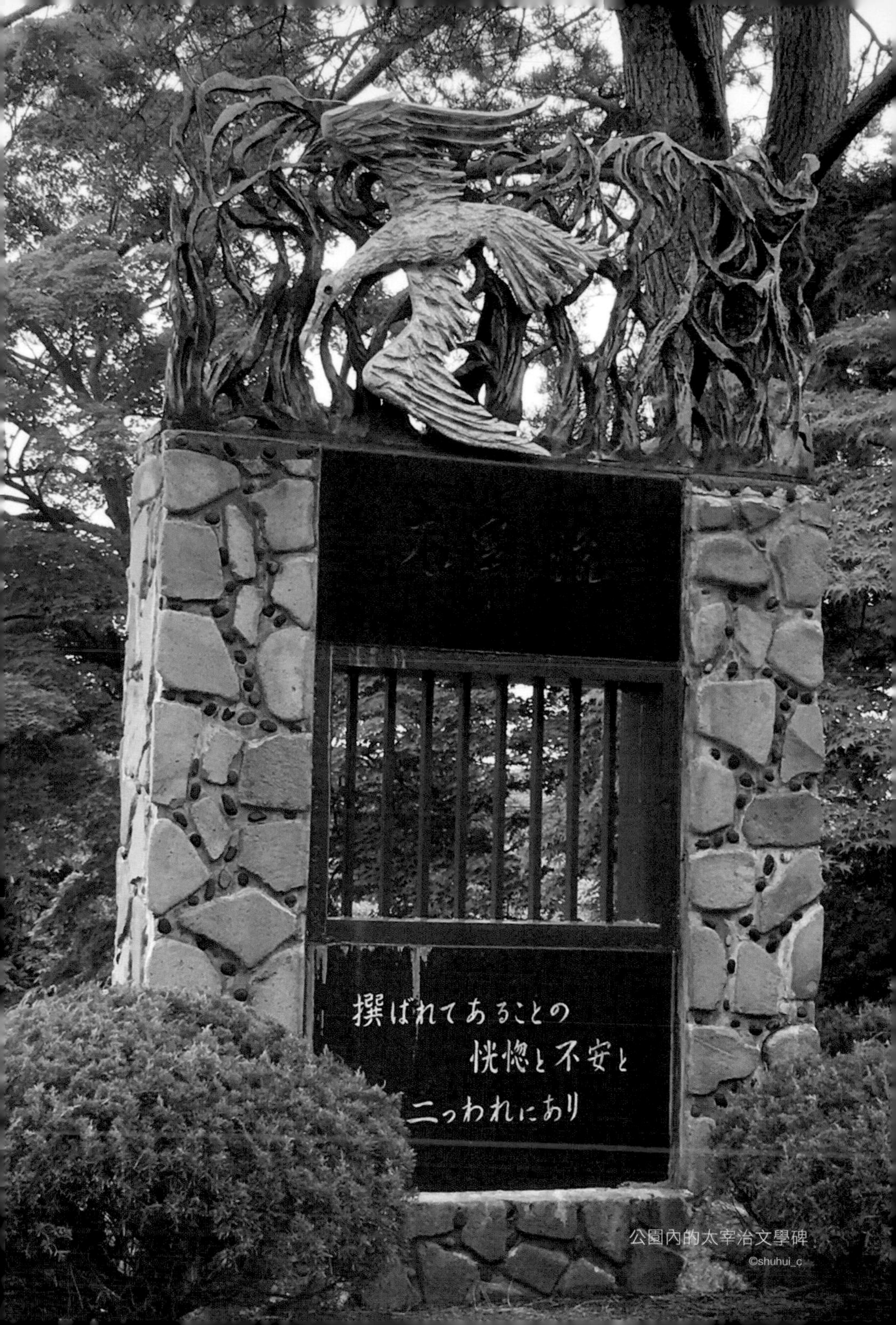
撰ばれてあることの
恍惚と不安と
二つわれにあり

公園內的太宰治文學碑

©shuhui_c

驛舍

地址：青森縣五所川原市金木町蘆野84-171
（津輕鐵道蘆野公園車站附近）
營業時間：上午10：00～下午5：00（最後點餐時間為下午4：30）
休館日：星期三、12月29日

店內最受歡迎的蘋果醬咖啡

紅色屋頂的驛舍咖啡廳

咖啡廳保存了復古的風貌

驛舍

位於蘆野公園附近的咖啡廳「驛舍」即太宰治在小說《津輕》中提到的津輕鐵道蘆野公園車站。咖啡廳保存了當時的建築風貌與復古氛圍，可以在此品嘗太宰治生前最愛的咖啡，以及以金木特產馬肉做成的肉包。坐在店內靠窗的位置，可以看到津輕鐵道的火車駛過。

太宰治一一〇週年生誕紀念活動

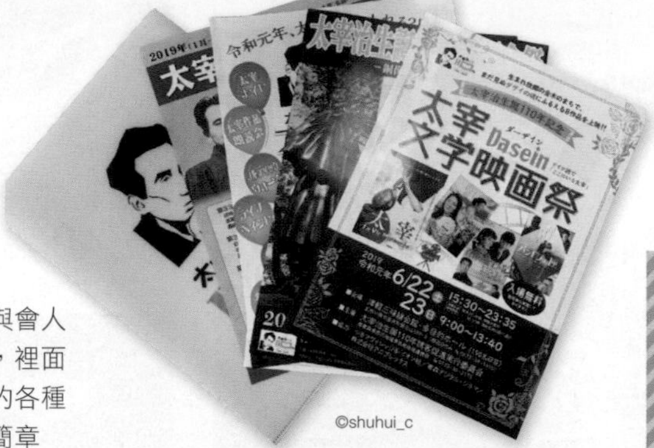

©shuhui_c

主辦單位致贈給與會人士的特製資料夾，裡面有青森縣內舉辦的各種太宰治紀念活動簡章

太宰治生誕祭（舊櫻桃忌）——

昭和二十三年（一九四八年）六月十三日深夜，太宰治與情婦山崎富榮於三鷹的玉川上水投河自盡，兩人的屍體直到六月十九日清晨才被發現。巧合的是，當天剛好是太宰治三十九歲的生日。自此，每年六月十九日，太宰治的親友與書迷都會拜訪位於三鷹市禪林寺內的太宰治墓前憑弔，通稱「櫻桃忌」。

同日，太宰治的故鄉金木也會舉辦紀念他的櫻桃忌。之後，太宰治的遺族認為「生日應該在出生之地舉辦才有意義」，因此在平成十一年（一九九九年）太宰治九十歲冥誕當年，將金木町舉辦的櫻桃忌改稱為

太宰治徽章與貼紙（徽章購自斜陽館）

限定販賣
太宰治麵包

「太宰治生誕祭」。

　　每年六月十九日，太宰治的親屬及書迷都會聚集在蘆野公園的太宰治文學碑前舉辦生誕祭。二〇一九年適逢太宰治一百一十歲冥誕，青森縣內舉辦了大大小小的紀念活動。其中，最受矚目的莫過於在太宰治的故鄉金木町蘆野公園舉辦的太宰治生誕祭。

　　活動於上午十點開始，由津輕當地小學生的三味線表演拉開序幕。太宰治與美知子夫人的長女津島園子致詞時表示：「希望下一個世代的年輕人讀了太宰治的書之後，可以對他的痛苦、煩惱、青春的一生感到共鳴。」

　　當天，金木町的小學生、中學生、高中生各自朗讀了他們閱讀過太宰治作品之後的讀書心得，傳達著不同世代與太宰文學的共鳴，整個活動現場充滿了溫馨的氛圍。

之後，在合唱團悠揚的歌聲中，主辦單位與太宰治的親屬代表獻上櫻桃與花束，所有與會人士列隊在太宰治的雕像前獻上花朵，表達對文豪的追思與崇敬。在眾人獻上的各色鮮花環繞之下，太宰治雕像顯得若有所思，但羞澀的神情中，仍可見一抹掩飾不住的開心。

©shuhui_c

太宰治一一〇週年生誕祭現場照片

撰ばれてあることの
恍惚と不安と
二つわれにあり
霧島
©shuhui_c

文學碑前供奉的鮮花、櫻桃、霧島燒酒

被眾人所獻各色鮮花包圍的太宰治雕像

©shuhui_c

津輕鐵道紀念太宰治一一〇週年生誕

左／座位上放置著太宰治的作品〈海〉，講述的是太宰治為避開空襲，帶著妻女搭乘津輕鐵道投奔老家時的故事
右／車頭裝飾太宰治一一〇週年生誕紀念LOGO

車廂內掛有太宰治燈籠

津輕鐵路車票
（五所川原市至金木町）

©shuhui_c

目錄

斜陽

しゃよう

妳知道飯糰為什麼會那麼好吃嗎？
因為那是用人的手指捏出來的！

おむすびが、どうしておいしいのだか、知っていますか。
あれはね、人間の指で握りしめて作るからですよ。

一

清早，坐在餐廳裡舀起一匙熱湯、正在啜飲湯汁的母親，輕輕驚叫一聲。

「啊！」

「有頭髮嗎？」

我以為有什麼討厭的東西掉入了湯汁裡頭。

「不是。」

母親若無其事地又輕輕舀起一匙湯汁倒入口中，臉孔撇向一旁，視線望向廚房窗戶外盛開的山櫻花；她頭也不回地望著一旁，又輕盈靈巧地舀起一匙湯汁，將湯汁倒入櫻桃小口的兩片唇瓣之間。以「輕盈靈巧」形容母親的舉止，絕非誇大其辭。母親用餐的方式，和女性雜誌中刊載的用餐禮儀截然不同。弟弟直治曾經有一次在喝酒的時候，對著身為姊姊的我這麼說：

「不是有爵位就能稱得上貴族！有人即便無爵無位，卻是品德高雅，配得上天爵

[1]的稱號；也有我們這種人，空有爵位，但別說是貴族了，根本無異於賤民。就拿岩島來講好了（直治舉出擁有伯爵爵位的同學名字），他那種人，簡直比新宿煙花巷外拉客的皮條客更低賤。前陣子那傢伙竟然穿著燕尾服參加柳井（弟弟又舉出另一個同學的名字，此人是子爵家的次子）大哥的婚禮！我很懷疑真有必要穿燕尾服來嗎？這也就算了，致詞的時候，那傢伙還故意使用怪腔怪調的敬語說話，真令人作嘔！裝腔作勢跟高雅根本就是兩回事，他只是在虛張聲勢罷了。本鄉[2]一帶經常可見寫著『高級住宿』的招牌，其實大部分華族[3]都跟高級乞丐沒兩樣。真正的貴族才不會像岩島那樣裝模作樣！我們家族中，真正稱得上貴族的人，也只有媽媽吧！她是貨真價實的貴族。誰也比不上她。」

就拿喝湯的方式來說，我們喝湯時習慣屈身向前挨著盤子，橫拿湯匙舀起湯汁，

①天爵出自《孟子．告子篇》上篇。指擁有上天賦予的美德，天生秉性尊貴者。相對於「人爵」。

②位於東京都文京區，東京大學即位於此處。後頭所寫的「高級住宿」就是提供給學生住宿的地方。

③一八六九年，明治維新後，廢止原有的封建貴族階級稱呼，統稱為「華族」。一八七一年，取消舊身分制度，將國民分為皇族、華族、士族、平民等四種身分。華族又分為公、侯、伯、子、男五等爵位，爵位世襲。一九四七年，《日本國憲法》頒布後，全面廢止華族及其爵位。

橫著舉起湯匙送到嘴邊；但是母親不同，她喝湯時總將左手手指輕放在餐桌邊緣，抬頭挺胸地望向前方，看也不看盤子，便以湯匙橫向舀起湯汁，接著以讓人想用「如燕子般輕盈」來形容的輕巧舉動拿起湯匙送到嘴邊，湯匙和嘴巴呈直角，將湯汁從湯匙前端倒入雙脣之間。她總是如此漫不經心地邊東張西望，邊輕巧敏捷地操控著湯匙，宛如穿梭空中的小翅膀。不僅沒有灑下一滴湯汁，也沒發出任何啜飲或杯盤碰撞的聲響。母親用餐的方式，或許並不符合所謂正式的用餐禮儀，但在我眼中，她的一舉一動非常可愛，就像真正的貴族。事實上，喝湯時，比起俯身向前、橫拿湯匙飲用的姿勢，還是悠然坐直身子，從湯匙前端將湯汁倒入口中這樣的方式吃起來，會讓湯汁變得更加不可思議地美味。只可惜，我就好比直治口中的高級乞丐，無法像母親一樣輕巧自然地使用湯匙，無可奈何只好放棄，俯身靠在盤子上方，用所謂合乎正式用餐禮儀卻令人鬱悶的方式進食。

不僅喝湯，母親用餐的方式，幾乎全與禮法背道而馳。若餐點裡有肉，她會先以刀叉將肉切成小塊，接著放下刀子，將叉子換到右手，開心地一片片叉起肉塊，慢條斯理地享用。如果是帶骨雞肉，相較於為了不讓刀叉敲響杯盤，煞費苦心從骨頭上切下雞肉的我們，母親則是若無其事地以指尖捏住骨頭、舉起肉塊，用嘴巴分開骨頭和肉。即便如此野蠻的舉動，換成母親來做，看起來不僅惹人憐愛，甚至還莫名地性感誘人。貨真價實的貴族果然不同凡響。不光是帶骨雞肉，午餐若有火腿或香腸之類的配菜，母親有時一樣會用手指取食。

「妳知道飯糰為什麼會那麼好吃嗎？因為那是用人的手指捏出來的！」

母親還曾說過這樣的話。

我有時候也會心想：用手取食真的比較好吃；但我總覺得像我這樣的高級乞丐若貿然東施效顰，恐怕看起來會真像個乞丐，因此便忍住了。

弟弟直治老說「我們怎麼樣也比不上媽媽」，我也深深覺得要模仿母親極為困難，有時甚至感到絕望。有次，某個初秋的美好月夜，我和母親在西片町家中後院的池畔涼亭裡賞月，我倆有說有笑地談論著狐狸娶妻和老鼠迎親時新娘準備的嫁妝有何不同，母親突然站起身來，走進涼亭旁邊的萩草叢中，然後從萩草白花之間，露出更加雪白的臉孔，微笑說道：

「和子，妳猜我現在正在做什麼？」

「在摘花。」我回答。

母親輕笑說：「我在尿尿呢！」

雖然她身子站得直挺挺的，令我感到驚訝，但那些我們模仿不來的舉動，卻也令我由衷感到可愛。

原本在說今天早上喝湯的事卻離題了，不過我前陣子讀了一本書，得知路易王朝④時期的貴族婦女，也都會若無其事地在宮殿庭院或走廊角落小解，我認為她們不以為意的態度實在非常可愛，甚至覺得母親說不定就是那群貨真價實的貴族婦女中，僅存的最後一名成員。

言歸正傳，今早，啜飲一匙湯汁後，母親輕輕「啊」了一聲。我問她：「有頭髮嗎？」她回答我：「不是。」

「太鹹了嗎？」

今天早上的湯，是我用先前美國配給的豌豆罐頭為底，熬煮而成的濃湯。我原本就對烹飪沒有自信，因此即便母親回答「不是」，我仍忍不住憂心忡忡地詢問。

「味道很好。」

母親認真地說。喝完湯後，她直接用手拿起包著海苔的飯糰享用。

我從小就不怎麼喜歡吃早餐，不到十點是不會感到飢餓的；即便餓了，也是光靠喝湯充飢。我老嫌吃東西麻煩，吃飯時將飯糰置於盤子上，用筷子搗碎飯糰，然後以筷子挾起其中一小塊，像母親喝湯時拿湯匙的方式一樣，讓筷子和嘴巴呈直角，如餵食小鳥般將飯塞入口中。就在我慢吞吞地吃著飯的期間，母親已經用膳完畢，她輕輕站起身來，背輕倚在曬得到清晨陽光的牆上，不發一語地看著我吃飯的模樣，並說：

「和子，早餐得吃得開心一點才行呀！」

「媽媽您呢？您吃得開心嗎？」

「那當然！我已經不是病人了。」

「我也不是病人呀！」

「不行、不行。」

④路易（Louis）為歷代法國君王之名，由於並非家族姓氏，因此歷史上並無「路易王朝」這個稱呼。書中用來代替法國波旁王朝。

母親露出寂寞的微笑搖著頭。

我五年前曾罹患肺疾，臥病在床，但我知道那是嬌生慣養所造成的。然而，母親先前生的病，卻是真的令人擔憂憐憫的疾病。可母親反倒老是擔心著我。

「啊！」我說。

「怎麼了？」這次輪到母親問我。

我們看著彼此，彷彿心有靈犀一點通，我忍不住笑出聲來，母親也露出微笑。

每當我羞愧得無地自容時，就會莫名地輕輕發出「啊」一聲。六年前離婚時的往事，突然歷歷在目浮現在我心中，我按捺不住，不由得「啊」了一聲。但是母親又為何會發出那樣的聲音呢？母親又不像我，有著難以啟齒的過去。不，難道是因為其他事情嗎？

「媽媽，剛才也回想起什麼了嗎？是什麼事情呢？」

「我忘了。」

「是我的事嗎？」

「不是。」

「是直治的事嗎？」

「對，」她欲言又止，歪著頭說：

「或許吧！」

弟弟直治就讀大學時接獲徵召入伍，隨軍隊前往南方海島，從此杳無音訊。直到戰爭結束仍下落不明，母親表示她已經做好再也見不到直治的心理準備了，但我從來不曾有過那樣的「心理準備」，我深信總有一天一定能再見到他。

「我原以為已經死心了，但喝到美味的濃湯，想起了直治，實在按捺不住。早知道，我應該對直治更好一點的。」

直治就讀高中後迷上了文學，幾乎像個不良少年般，開始過起頹廢的生活，不知道讓母親多麼辛苦。然而母親喝下一口湯，想起直治，卻還是忍不住「啊」了一聲。我將飯塞入口中，紅了眼眶。

「放心，直治不要緊的。像直治那樣的壞傢伙，沒那麼容易死。會死的都是乖巧順從、俊秀標緻、性情溫厚的好人。直治就算用棒子打也打不死的。」

母親笑了出來，捉弄我說：

「那麼，和子妳會早死呢！」

「哎呀，為什麼？我性格頑劣又相貌不佳，一定可以活到八十歲的！」

「是嗎？那麼媽媽一定可以活到九十歲吧？」

「對呀！」

我話沒說完，心中有些困惑。好人不長命，禍害遺千年。紅顏薄命，而母親很美，我希望她能長壽。我張皇失措，不知如何是好。

「媽媽嘴巴真壞！」話才說完，我下脣開始顫抖，眼淚奪眶而出。

來聊聊蛇的事情吧！四、五天前下午，附近的孩子們在庭院籬笆外竹林裡找到十來顆蛇蛋。

「這是蝮蛇的蛋！」孩子們一口咬定。

我擔心那片竹林裡萬一孵出十幾條蝮蛇，以後我們就不能隨意在院子走動了，於是提議：

「燒了那些蛋吧！」

孩子們開心得手舞足蹈，跟著我走。

我們在竹林附近堆起樹葉和木柴並點燃，將蛇蛋一顆顆丟入火中。蛇蛋不容易著火。孩子們在火焰上添加更多樹葉和小樹枝增強火勢，但是蛇蛋始終燒不起來。

下方農家的女兒站在籬笆外，笑著詢問我們：

「你們在做什麼？」

「我們在燒蝮蛇蛋。因為我怕會孵出蝮蛇。」

「蛇蛋有多大？」

「跟鵪鶉蛋差不多，蛋殼是雪白的。」

「那聽起來只是普通的蛇蛋。應該不是蝮蛇蛋。生蛋不容易著火，是燒不起來的。」

女孩莞爾一笑，轉身離去。

火燒了三十分鐘，但是蛇蛋始終燒不起來，因此我讓孩子們撿起蛇蛋埋在梅樹下，而我則撿來一些小石頭，堆疊其上做成墓碑。

「來，大家一起拜一下吧！」

我蹲下身子雙手合十，孩子們見狀也乖乖蹲在我後面合掌祭拜。結束後，我和孩子們分道揚鑣，獨自漫步拾級而上，才發現母親站在石階上方的藤架底下，她說：

「妳那麼做，那些蛇太可憐了。」

「我原以為是蝮蛇，結果只是普通的蛇。不過，我好好將牠們埋進土裡了，不用擔心。」

我嘴上雖然這麼說，但總覺得讓母親撞見那一幕，實在不妙。

母親絕非迷信之人，但自從十年前父親在西片町家中過世後，母親就非常畏懼蛇類。原來是因為父親臨終前，母親看見父親枕頭邊掉了一條黑色細繩，母親不以為意隨手一撿，才發現是蛇。蛇敏捷地爬出走廊後便逃得不知去向，看見蛇的只有母親及和田舅舅兩人，他們面面相覷，但為免驚擾在座送終的親友，他們決定保持沉默，不大聲張揚。我們當時雖然也在場，卻渾然不知那條蛇的事情。不過，父親過世當天傍晚，我親眼見到庭院池塘旁邊所有樹上都爬滿了蛇。我今年是二十九歲的老姑婆，因此十年前父親過世時，我也已經十九了。因為早就不是小孩了，所以即使過了十年仍記憶猶新，不可能記錯。我為了剪花供在父親靈前，走向庭院池塘，站在池塘岸邊的杜鵑花前，突然看見一條小蛇盤踞在杜鵑花的枝椏上。我嚇了一跳，決定攀折旁邊的棣棠花，沒想到棣棠花上頭也有一條小蛇。旁邊的桂花樹、小楓樹、金雀花、紫藤、櫻花樹，以及其他樹都有蛇攀爬在上。但我並不感到害怕。我只覺得蛇也跟我一樣為父親的逝世哀傷，所以才爬出洞穴，祭拜父親在天之靈。我悄悄將庭院裡有蛇的事告知母親，母親冷靜地歪著頭思索，卻什麼也沒說。

但是，自從這兩件跟蛇有關的事發生之後，讓母親對蛇變得厭惡也是事實。與其說是討厭蛇，其實是變得更加崇敬並畏懼蛇，也就是對蛇懷抱著敬畏之心。

想到母親撞見我燒蛇蛋的場面後，心中想必會出現更加不吉利的念頭，我突然對放火燒蛇蛋一事感到害怕，不禁擔憂自己這麼做，是否會給母親帶來厄運。我憂心忡忡，直到隔天，甚至第三天仍無法忘懷。今天早上在餐廳裡，我再度脫口說出紅顏薄命之類毫無根據的話，卻又不知道怎麼打圓場善後，忍不住哭了出來。吃完早餐後，我邊收拾碗筷，邊覺得彷彿有一條毛骨悚然的小蛇鑽進內心深處，牠縮短了母親的性命，令我愧疚難過得無以復加。

就在那天，我在庭院裡看見了一條蛇。當日天氣相當和煦溫暖，我收拾好廚房後，打算將藤椅搬到院子裡的草皮上，在那裡織點東西。我拿著藤椅走下庭院，便發現院子石頭旁的竹叢中有蛇。我當時只有「哎呀，真討厭！」的念頭，並未多想。我搬著藤椅走回外廊，將椅子放在外廊上，開始編織衣物。到了下午，我前往位於庭院角落的佛堂，打算從收藏於其中的藏書內，取出羅蘭珊⑤的畫冊。一走下庭院，便瞥見一條蛇緩緩爬行於草皮之上。跟早上那條蛇一樣，是一條外型纖長且高雅的蛇。我認定牠是一條母蛇。她沉靜地爬過草皮，鑽入野玫瑰花叢中，停住並抬起頭來，伸出細如火焰般的蛇信。她擺出環顧四周的姿勢，但過了一會兒，她又垂下頭，貌似憂愁地盤踞在一起。我當時只覺得她是一條美麗的蛇，並未多想。我走進佛堂取出畫冊，回程時往剛才蛇所在的地方一瞧，蛇已不見蹤影。

將近傍晚時，我與母親坐在中式客廳邊啜飲著茶，邊望向庭院的方向，突然發現今天早上那條蛇又悠然出現在第三階石階上。

母親也瞧見了。

「怎麼會有那條蛇？」

她說完這句話，便立刻跑向我身邊，緊緊握住我的手，茫然佇立，不知如何是好。我聽見她的話才恍然大悟，脫口而出：

「該不會是那些蛋的母親吧？」

母親以沙啞的聲音回答：

「是呀，一定是！」

我們緊握彼此的手，屏氣凝神、不發一語地望著那條蛇。憂愁盤踞在石階上的蛇開始搖搖晃晃動了起來，有氣無力地橫越石階，鑽進燕子花叢中。

「她從今天早上，就一直在院子裡四處遊走。」

我小聲地說道。母親聽見我的話，嘆了一口氣，跌坐在椅子中，低沉哀傷地說：

「她一定是在尋找她的蛋吧？真可憐！」

我無可奈何，只能呵呵笑了幾聲。

夕陽映照在母親臉上，讓母親眼睛看起來彷彿散發出青藍色光芒。母親帶著些許憤怒的臉龐，美得令人忍不住想飛奔過去緊緊摟住她。我不禁心想，母親的面容，跟

⑤ Marie Laurencin（一八八五～一九五六）。法國女性畫家。出自立體派，後改為裝飾性畫法，使用粉紅、藍、綠等色彩，大量描繪唯美抒情的少女。也創作詩詞。

剛才那條悲傷的蛇似乎有些神似之處。我不知為何，甚至覺得潛伏在我心中那條如蝮蛇般醜陋粗鄙的毒蛇，總有一天很可能殺了眼前這條哀傷而美麗的母蛇。

我將手放在母親柔軟瘦弱的肩膀上，心中泛起一股難以名狀的鬱悶。

我們拋售東京西片町的家，搬到這座位於伊豆的中國風山莊來，是日本無條件投降那年的十二月初。父親過世後，我們家經濟全靠母親的弟弟，也就是母親唯一的手足——和田舅舅一手包辦。然而戰爭結束後，時局已不如往常，和田舅舅告訴母親，他已經撐不下去了。他勸母親不如賣了房子、遣散家中女傭，母女兩人買間鄉下的漂亮小房子，搬進裡頭輕鬆自在地過活。關於金錢方面，母親比小孩更一竅不通，經和田舅舅這麼一說，她便點頭答應，全權交給舅舅處理去了。

十一月底，舅舅捎來一封限時快遞，信中提到：河田子爵要出售位於駿豆鐵道沿線的別墅，房子地勢較高、視野開闊，還有百坪田地可種植作物。那附近是賞梅的勝地，冬暖夏涼，妳們住進去之後一定會很滿意。由於必須直接和賣方當面洽談，因此明天請來我銀座的辦公室一趟。

我問母親：

「您要去嗎？」

母親落寞地笑著說：

「是我拜託他的呀！」

翌日，母親拜託原本在我家服務的司機松山先生與她同行，剛過正午時出發，晚上八點左右，由松山先生載送回家。

「談妥了。」

母親走進我的房間，雙手撐在書桌上，癱坐下來，只說了這麼一句話。

「什麼事情談妥了？」

「全部。」

「可是，」我驚訝地回她，「是怎樣的房子，我們連看都沒看過……」

母親單手撐在桌上，另一隻手輕撫額頭，輕輕嘆了一口氣。

「妳和田舅舅說那地方很不錯。所以我決定閉上眼睛不再過問，我覺得搬過去應該很不錯。」

語畢，母親抬起頭微微一笑。她的容貌看起來略顯憔悴，卻美麗動人。

「說得也是。」

我自知贏不了母親對和田舅舅的信賴，只能回應：

「那我也閉眼，不再過問了。」

我們放聲輕笑，笑完之後卻落寞不已。

自那之後，每天都有工人進出家裡整理行李，準備搬家。和田舅舅也大老遠過來幫忙安排、變賣我們打算賣掉的東西。我和女傭阿君兩人忙著整理衣物，或是將垃圾拿到院子裡燒掉；而母親既不幫忙整理，也未負責指揮調度，只是整天待在房內拖拖拉拉的，不知道在做些什麼。

「怎麼了？您不想去伊豆了嗎？」

我實在忍不住，以稍微嚴厲的口吻問她。

「沒有。」

她只以茫然的表情如此回答。

花了十來天，終於整理好了。傍晚，我和阿君兩人在院子裡焚燒紙屑及稻草，只見母親走出房門，站在外廊上默默看著我們點燃的火堆。灰暗寒冷的西風颳來，黑煙沿著地面蔓延，我不經意抬起頭來看見母親的臉，發現母親的臉色前所未見地慘白，我驚訝大喊：

「媽媽！您臉色怎麼那麼差！」

母親露出淺淺的笑容說：

「我沒事。」便悄悄走回房裡。

當晚，由於棉被已經打包好了，因此阿君睡在二樓洋房的沙發上，母親和我則待在母親房間裡，兩人一同躺在向鄰居借來的一床棉被裡休息。

母親以虛弱又蒼老得令人心驚的聲音，說出一句意外的話：

「因為有和子妳陪伴在媽媽身邊，所以我才願意去伊豆的。因為有妳在。」

我心頭一緊，忍不住反問：

「如果我不在呢？」

母親突然嚎啕大哭，斷斷續續地說著：

「那我不如死了比較好！媽媽也想死在妳爸爸過世的這個家裡呀！」

語畢，她哭得更激烈了。

母親至今一次也不曾向我說過這種喪氣話，也從未在我面前這樣痛哭流涕。父親過世時、我出嫁時、我挺著肚子回到娘家時、在醫院產下死胎時，以及我臥病在床時，還有直治闖禍時，母親都不曾展露出如此脆弱無助的態度。父親過世的十年來，母親表現得跟父親在世時沒有兩樣，依舊是那麼悠然自得、溫婉嫻淑。我們也在母親的驕寵下長大成人。但是，母親沒錢了。她為了我們、為了我和直治，毫不惋惜地散盡家財。導致她只能搬出這個多年來居住的家，和我搬到伊豆的小山莊，母女倆相依為命地開始淒涼的生活。如果母親是個壞心腸的吝嗇鬼，只要我們做錯事就責罵我們，偷偷攢下私房錢的話，即使局勢再怎麼變遷，她也不至於像現在這樣冒出想死的念頭吧！啊啊，耗盡錢財真是可怕悲慘又求助無門的地獄！我生平第一次感受到如此的念頭，胸口鬱悶難解，卻又痛苦得欲哭無淚。我這才明白，原來人生路上的嚴峻，指的就是這種時刻啊！我只能仰躺著，如石頭般凝固，無法動彈。

隔天，母親的臉色依舊慘白，她拖拖拉拉地不肯動身，似乎想在這個家裡多停留一會兒也好。和田舅舅見狀便告訴她，行李已經都寄出去了，今天一定要出發前往伊豆，母親只好心不甘情不願地穿上大衣，不發一語地向前來送行的阿君和出入家中的工人點頭致意。然後和舅舅及我，三個人告別了西片町的家。

蒸汽火車裡的乘客不多，我們三個人都找到了位子。在火車裡，舅舅心情愉悅地哼起歌來，但母親臉色蒼白、俯面不語，看起來似乎非常冷。我們在三島轉搭駿豆鐵道，於伊豆長岡下車後，轉搭公車約十五分鐘，下車後往山的方向前進。爬上坡度和緩的坡道後，有一個小村落，村落外圍有間設計講究的中國風山莊。

「媽媽，這地方比想像的還不錯呢！」

我喘著氣說。

「就是呀！」

母親站在山莊大門前，一瞬間露出喜悅的眼神。

「首先，這裡空氣很好！空氣很新鮮！」舅舅自豪地說著。

「真的，」母親露出微笑說，「很美味。這裡的空氣很美味！」

我們三個人都笑了。

走進大門後發現。從東京運來的行李已經送到了，從門口到房間全堆滿了行李。

「再來，跟我去和室。和室看出去的景致非常美。」

舅舅興匆匆地拉著我們到和室坐下。

時間是下午三點左右，冬日陽光輕柔灑落在庭院裡的草皮上。從草皮走下石階，便有一個小池塘，旁邊種了許多梅樹。庭院下方是一大片橘子田，然後是鄉村小路，再過去一點則是水田。遠方是一片松樹林，松樹林的另一邊可以看見大海。坐在和室裡望出去，海平面高度看起來正好到我的雙峰。

「好柔和的景色啊。」母親慵懶地說道。

「大概是空氣的關係吧？這裡的陽光和東京截然不同，光線好像蒙上了一層絲綢一樣。」我興奮地回應。

山莊裡有五坪和三坪大的房間、中式客廳、分別佔地一坪半的大門玄關及浴室，另有餐廳及廚房。二樓還有一間擺了一張大床的西式客房。這樣的空間足夠我們母女倆使用了，不，即便直治回來，三個人住起來仍綽綽有餘。

舅舅前往這村落裡唯一一間旅社，拜託對方為我們製作餐點。過了一會兒，便當送來了。舅舅將便當擺在和室，喝著他自己帶來的威士忌，一邊對我們說著他和這座山莊的前任屋主河田子爵在中國玩樂遊歷時犯下的糗事。舅舅說得口沫橫飛、興高采烈，而母親只吃了幾口便當。不久，四周逐漸變得昏暗時，母親輕聲對我說：

「我想稍微躺一下。」

我從行李中取出棉被好讓母親躺下休息。母親的模樣令我掛意，因此我從行李中找出體溫計，為她量了量體溫，沒想到竟有三十九度。

舅舅也大吃一驚，他連忙前往下方的村莊找醫生。

「媽媽！」我呼喚母親，但她仍是一臉倦意，神情恍惚。

我緊緊握住母親的小手，啜泣了起來。我可憐母親的遭遇，不，我們倆都太可憐了！我止不住哭泣，邊哭邊心想，希望可以就此跟母親一同死去。因為我認為我們的人生，在離開西片町老家時便已告終。

過了兩個小時左右，舅舅帶著村裡的醫生回來了。村裡的醫生看來年事已高，他穿了仙臺平袴[6]，腳上套著白襪套。

看診結束後，醫生若無其事地說：

「可能是肺炎。但就算得了肺炎，也不會有大礙。」幫母親打了針便回去了。

翌日，母親仍高燒不退。和田舅舅遞給我兩千圓，交代我萬一母親得住院，就打電報到東京通知他，當天就先回東京了。

我從行李中取出三兩樣烹飪時所需的廚具，煮了一些清粥餵母親。母親躺著喝了三湯匙，便搖頭拒絕。

將近中午時，村裡的醫生又來了。這次他並未穿著和服裙褲，但腳上仍套著白襪套。

我詢問他：「是否該住院……」

醫生還是老樣子，給了我一句不可靠的回答說：

「不，沒那必要。我今天幫她打一劑藥效強一點的針，應該很快就會退燒了。」

他幫母親打了一針他所謂的強效藥物後，便打道回府。

或許是那針強效藥物奏效了，當天正午過後，母親臉色開始漲紅、滿身大汗。更換睡衣時，母親笑著告訴我：

「他說不定是個名醫呢！」

母親體溫退到三十七度。我開心地跑到這座村莊唯一的旅社，拜託老闆娘分我十來顆雞蛋，煮成半熟蛋給母親享用。母親吃了三顆半熟蛋和半碗粥。

隔天，村裡的名醫又穿著白襪套過來了。我向他道謝，感謝他昨天為母親注射藥效較強的藥劑。他露出一副有效是理所當然的表情用力點頭。經過仔細檢查後，他轉身面對我說：

「老夫人的病已經好了。因此，以後不管吃什麼、做什麼都可以。」

由於他說話的方式實在太過奇特，我費了一番功夫才忍住沒笑出來。

我送醫生到玄關後，回到和室，只見母親坐在床褥上，表情開心且陶醉地自言自語說著：「他真的是名醫呢！我病真的好了。」

「媽媽，我幫您打開紙門吧？外頭在下雪喔！」

花瓣大的鵝毛大雪輕飄飄地降了下來。我打開紙門，與母親並肩而坐，隔著玻璃門眺望伊豆的雪景。

「我沒有病了。」母親又喃喃自語了起來。

⑥以精緻絲綢製成的男性和服裙褲。起源於京都西陣的紡織工八右衛門奉伊達正宗之名，在仙臺製造的紡織物。

「現在這樣坐著，我突然覺得往事全像一場夢境。其實直到搬家之前，我內心死都不想來伊豆。我只想待在西片町的老家，即使只有一天或半天也好。搭上蒸汽火車時，我覺得自己半死不活；抵達這裡時也一樣，一開始雖然還頗令人開心，但天色暗下來之後，我突然好懷念東京，心裡焦急得不行，意識跟著漸趨朦朧。這不是普通的病。老天爺將我置死地而後生，讓我脫胎換骨，我不再是昨日的我了。」

那之後直到今日，我們母女倆的山莊生活還算風平浪靜，日子過得很安穩。村裡的人對我們也很親切。我們搬來此處是去年的十二月，經過了一月、二月、三月，直到四月的今天，我們除了準備三餐之外，大多時候都坐在外廊上編織，或是在中式客廳裡看書、喝茶，過著遠離俗世塵囂的生活。二月，梅花開了，整個村落覆蓋在梅花花海之中。三月，由於晴朗無風的日子較多，因此盛開的梅花絲毫不見凋零，直到三月底依舊開得美麗動人。無論早晨、正午、傍晚，還是深夜，梅花都美得令人嘆息。只要打開外廊的玻璃門，隨時都有花香流瀉飄入房裡。三月底，一到傍晚就會起風。我傍晚在餐廳擺放碗盤時，就有梅花花瓣從窗戶吹入餐廳，掉進裝了食物的碗中。到了四月，我和母親坐在外廊上編織衣物，我們的話題多半圍繞著種植蔬果的計畫打轉。母親說她也想幫忙。啊啊，像這樣寫下來之後才發現我們正如母親所說的，就像死過一次、脫胎換骨一樣，變成了截然不同的人。但是，人類怎麼也不可能像耶穌一樣死而復活。母親嘴上雖然那麼說，但她仍然只要啜飲一口湯就會想起直治，發出「啊！」的感嘆。其實我們過去的傷痕，根本從未癒合。

啊啊，我想毫無保留地全部清清楚楚寫下來。我有時甚至暗忖，這座山莊裡的安穩時光，不過全是虛偽的假象。即便老天爺賜予我們母女倆一段短暫的期間休養生息，我仍不禁覺得已有一道不祥的黑影，正在逐漸逼近我們的和平生活。母親表面上裝得一副幸福的模樣，身子骨卻日漸衰老；我想，一定是毒蛇住進了我心裡，犧牲了母親，讓自己變得更加粗壯。即使我再怎麼努力壓抑，毒蛇仍變得越來越粗壯。啊啊，如果這種煩悶只是季節所致，該有多好！我這陣子，變得再也無法忍受這樣的生活。我之所以做出焚燒蛇蛋這種荒唐事，想必也是內心焦躁的一種表現。我所做的只有加深母親的悲傷，使她變得更加衰弱罷了。

才寫了「戀」一個字，就無法繼續下筆了。

只有人類擁有，而其他動物絕對沒有的東西——那就是祕密。

他の生き物には絶対になくて、人間にだけあるもの。
それはね、ひめごと、というものよ。

二

蛇蛋的事發生後，大約過了十天，這期間厄運接踵而來，更加深了母親的傷悲，縮短了她的壽命。

這都要歸咎於我差點引發了火災。

我這輩子從小到大，就連做夢也不曾想過我竟然會做出「引起火災」這麼可怕的事。

我連「用火不慎會引起火災」如此理所當然的道理都沒放在心上，難道我真是別人口中所謂的「千金大小姐」嗎？

我深夜起來如廁，經過大門前的屏風旁，發現浴室的方向非常明亮。不經意往內一瞧，這才發現浴室玻璃門另一邊一片火紅，還傳來木柴燃燒時爆裂的聲響。我趕緊跑上前打開浴室的側門，赤腳走出去一看，只見浴室鍋爐旁堆積如山的柴火正在熊熊燃燒。

我飛也似地奔向庭院下方的農家，用盡吃奶的力氣拍打木門，大喊：

「中井先生！你們快起來，失火了！」

中井先生似乎已經就寢了，但他立刻回我：

「好，我馬上過去！」

我正喊著：「拜託你了，拜託你動作快一點！」話還沒說完，他就穿著浴衣睡袍從家裡衝了出來。

我們倆立刻趕回大火旁邊，提著水桶從池塘打水滅火，此時，我聽見和室走廊的方向，傳來母親「啊啊」的叫聲。我丟開水桶，從院子爬上走廊，對母親說：

「媽媽，不用擔心，沒事的，您回去休息吧！」

我抱住即將癱倒在地的母親，帶她回被窩裡，讓她躺下，然後再度衝回大火旁邊。這次我從浴缸裡打水，交給中井先生，由中井先生朝堆積如山的薪柴潑水滅火。然而火勢猛烈，絕對不是那麼一點水就滅得了的。

「失火了！失火了！別墅失火了！」

山莊下方傳來有人如此大喊的聲音，不久立刻出現四、五個村民推開籬笆，衝了進來。他們從籬笆下方用來防火灌溉的水渠打水，並以接力的方式傳遞水桶，短短兩、三分鐘就把火撲滅了。再差一點，火勢就延燒到浴室屋頂上了。

我正感到慶幸的瞬間，才驚覺這場火災的原因正是自己。其實，直到那時，我才發現這場火災是因為我傍晚將浴室鍋爐燒剩的柴火拉出爐灶，自以為已經滅了火，便放置在那堆薪柴旁邊所引起的。發現這一點後，我呆然佇立在原地，突然很想放聲大哭，此時我聽見前面西山家的媳婦站籬笆外，高聲說著：「浴室全燒光了！都是因為鍋爐的火沒處理好！」

村長藤田先生、二宮巡查和警防團長大內先生趕到了，村長一如往常，以溫柔的笑容詢問我：

「妳一定受到驚嚇了吧！妳怎麼啦？」

「都是我不好。我以為火已經滅了，就把木柴……」

話還沒說完，我就因為自己的不堪流下淚來，低頭不語。當時我心想，我說不定會被警察帶走，變成罪人。同時也因為自己打赤腳、穿睡衣的狼狽模樣感到難為情，覺得自己怎麼會落魄到這個地步。

「我知道了。令堂呢？」藤田村長以憐憫安撫的口吻，心平氣和地詢問我。

「我讓她在和室裡休息。她好像受到了很大的驚嚇……」

「不過呢，」年輕的二宮巡查也安慰我說，「幸好火沒燒到房子。」

住在下方農家的中井先生回去換了一件衣服過來。

「只是柴火稍微燒起來罷了。連小火災都算不上。」

他喘著氣說，袒護我愚不可及的過失。

「原來如此。我明白了。」

藤田村長點了兩、三次頭，接著便和二宮巡查小聲商量起什麼。

「那麼，我們回去了。代我向令堂問好。」

語畢，他就和警防團長大內先生以及其他人一起回去了。

留下來的只有二宮巡查，他走到我面前，以只聽得見呼吸的低沉嗓音告訴我：

「既然如此，今晚的事我就不呈報上去了。」

二宮巡查走了之後，下方農家的中井先生以憂心忡忡的緊張嗓音問我：

「二宮先生說什麼？」

我回答：「他說他不會呈報上去。」

還有一些鄰居站在籬笆外頭，他們似乎聽見了我的回答，口中邊說著「太好了、太好了」，邊散場離開。

中井先生也向我道了一聲晚安便返家了，只剩下我獨自茫然佇立在燒焦的那堆薪柴旁邊，泛著淚水仰望天空。夜色漸白，黎明即將來臨。

我在浴室洗淨手腳和臉，不知為何，突然膽怯不敢去見母親。我在浴室旁一坪半大的房間裡整理頭髮，慢吞吞地磨耗時間。然後，走向廚房，直到天亮為止都待在那裡整理其實沒有必要整理的餐具。

天亮了，我躡手躡腳走向和室，只見母親已換好衣裳，疲憊地坐在中式客廳的椅子上。母親看見我，對我露出一抹微笑，然而她的臉龐蒼白得驚人。

我並沒有回以微笑，只是沉默地站在母親的椅子後頭。

過了一會兒，母親開口說：

「沒什麼大不了的。反正那些木柴本來就是用來燒火的呀。」

我突然放下心中大石，呵呵笑了起來。我回想起《聖經》箴言說「一句話說得合宜，就如金蘋果裝在銀網子裡[①]」，我不禁由衷感謝上帝賜予我的幸福，讓我擁有如此善解人意的母親。昨晚的事就讓它過去吧！我決定不再為過去的事煩惱了。我隔著中式客廳的玻璃窗，眺望早晨的伊豆大海。我一直站在母親身後，到最後，母親沉穩的呼吸聲和我的呼吸融為一體。

簡單用完早餐後，我決定動手收拾那堆燒焦的薪柴。村裡唯一一家旅社的老闆娘阿咲小跑步穿過院子裡的小門過來，眼中泛著淚光詢問我：

「怎麼了？發生了什麼事？我剛剛才聽說這裡失火了，昨晚到底發生了什麼事？」

「對不起。」我小聲道歉。

「何必向我道歉。對了，小姐，警察怎麼說？」

「警察說沒關係。」

「呼，太好了。」

① 《舊約聖經》箴言第二十五章第十一節。

她露出由衷替我開心的表情。

我跟阿咲商量，該以什麼樣的形式感謝村民的幫忙並道歉才好。阿咲回答「還是錢最實用了」，並告訴我該去哪些人家道歉。

「不過，小姐，如果您不想自己一個人去的話，我可以陪您一塊去。」

「一個人去比較好吧？」

「您一個人可以嗎？可以的話，當然還是一個人去比較好。」

「那我就自己去吧！」

接著，阿咲幫忙我整理燒焦的木柴。

整理完後，我向母親拿了點錢，以美濃紙[2]包住百圓紙鈔，一包一張，並在每包紙袋上寫下「致歉」兩字。

我首先前往村公所。由於藤田村長碰巧外出不在，因此我將紙袋遞給櫃檯的小姑娘，向她表示我的歉意：

「麻煩妳轉告村長說：『昨晚是我做錯了。以後我會多加留意的，請多多包涵。』」

接著，我前往警防團長大內先生府上。大內先生走出大門見著我，只是沉默不語地露出悲憫的微笑。我不知為何，突然悲從中來，忍不住想哭泣，好不容易才說了一句：

「昨晚真是抱歉。」

話才說完，我便趕忙告別。路上，淚流不止，臉都哭花了，只好先回家一趟洗把臉並重新化好妝，準備再次外出。我在大門穿鞋時，母親走了出來，問我：

「妳又要去什麼地方嗎？」

我低著頭回答她：

「對，還有好多家要去呢！」

母親感慨良多地回我：

「真是辛苦妳了。」

得到母愛的力量，這回我一次也沒哭，挨家挨戶全走遍了。

②和紙的一種。產自美濃國（岐阜縣）武儀郡的紙張，品質優良。質地強韌厚實，可用於書寫、製成信封或紙拉門等。

我去了區長府上拜訪，區長不在家，是他的兒媳婦出來接待我的。一見到我，反倒是她先哭了出來。我去巡查那裡時，二宮巡查連忙安慰我「沒事就好、沒事就好」。村民們都很體貼。後來我又去附近鄰居家，大家都很同情我，紛紛安慰我。只有家門前西山家的媳婦，說是媳婦，也已經是四十左右的大嬸了，只有她一個人得理不饒人地斥責我：

「請妳們以後小心點！我不知道妳們是皇親國戚還是什麼，但是我從以前看著妳們那種像扮家家酒一樣的生活方式，總看得我心驚膽跳的。就像兩個小孩子過日子一樣，以前一直沒失火，才令人不可思議呢！以後請妳們一定要多注意！就說昨晚好了，如果風再大一點，搞不好整座村子都燒掉了！」

人家下方農家的中井先生他們還衝到村長和二宮巡查面前替我講話，告訴他們說「連小火災都算不上」；而這個西山家的媳婦卻在籬笆外大喊「浴室燒得精光了！都是因為爐灶餘火沒處理好！」但是，我在西山家媳婦的怨言裡，感受到了真實。她說得沒錯。我一點也不埋怨西山家的媳婦。母親開玩笑安慰我「木柴本來就是用來燒火的」，但如果當時風再大一點，就會如西山家媳婦所說的，或許全村都會毀於火海。

到時候，我即使以死謝罪也難辭其咎。如果我死了，母親恐怕也活不下去了吧！只怕還會玷汙了過世父親的名聲。如今，皇親國戚和貴族的身分已經不復存在了，但是既然要消失，我倒希望能死得更盛大華麗一些。因為引起火災而以死謝罪，這種悲慘的死法只怕我死也不能瞑目。總之，我必須更振作一點才行。

我從第二天起，便開始努力下田耕種。下方農家中井先生的女兒偶爾會過來幫忙。自從我做出引起火災的醜事後，我覺得體內的血似乎變得更黑了一些。先前，我心裡住進了一條邪惡的毒蛇，現在，連血液的顏色都變得不同了。我覺得自己似乎逐漸變成了粗野的村姑，即使跟母親一起坐在外廊上編織衣物，也悶得喘不過氣來。反倒是下田挖土更令我輕鬆快活。

這似乎稱作「肉體勞動」吧？對我而言，這種需要體力的工作並非第一次。我在戰爭時，曾接獲徵召，還做過土木工作。現在下田穿的兩趾布鞋也是當時軍方分發的物品。當時，我生平第一次穿上這個叫做兩趾布鞋的東西，不過令人吃驚的是這鞋穿起來相當舒適。我穿著它在院子裡走動，清楚感覺雙腳就像鳥獸赤腳行走在地上一樣輕鬆自在，內心雀躍不已。這也是我在戰爭中唯一一個快樂的回憶。現在想想，戰爭真是毫無益處的行為！

去年無事，乏善可陳。
前年無事，乏善可陳。
大前年同樣無事，乏善可陳。

戰爭結束後不久，某份報上登了這篇有趣的詩句。現在回想起來，真的就如它所寫的，似乎發生了許多風風雨雨，卻又像什麼都沒發生過一樣乏善可陳。關於戰爭的回憶，我既不想談也不想聽。即使死了千千萬萬個人，戰爭仍舊了無新意而無聊。或許是我自以為是吧？只有在接獲徵召穿上兩趾布鞋進行土木工作時，我才覺得戰爭沒那麼陳腐老套。雖然當時過得並不愉快，但多虧當時的土木工作，讓我身體變得更強壯結實了。現在的我甚至暗忖，萬一將來生活困頓，我還能靠著土木工作活下去。

戰局越來越令人絕望時，有個身穿軍服的男人來到位於西片町的家中，交給我一張徵召通知函與寫著勞動日程表的紙張。我看了看日程表，發現從翌日起，我每隔一天就得前往立川的後山工作，淚水不禁奪眶而出。

「不能找人代替我去嗎？」

我眼淚流個不停，開始啜泣了起來。

「這是軍方給妳的徵召令，妳必須本人到場才行！」男人語氣強硬地回答。

我決心親自前往。

隔天是個雨天，我們在立川山麓下列隊集合，先聽將校訓話。

「這場戰爭，日本必勝！」

他開頭這麼說，接著又講：

「這場戰爭，日本必勝，但是各位若不依照軍方命令工作，將會對戰事造成阻礙，只怕會落得跟沖繩一樣的結果。希望各位一定要做好分發的工作。另外，這座山裡說不定混入了間諜，你們一定要互相注意。各位接下來會跟軍隊一樣，進入軍營中工作，絕對不准向外人提及營地的情況！望各位多加留意！」

山中煙嵐霏微，將近五百名男女隊員佇立在雨中聆聽長官訓話。隊員中也夾雜著國民學校[3]的男女學生，他們全都凍得哭喪著臉。雨滴穿透我的雨衣，滲入上衣中，最後連內衣都浸濕了。

那天，我們一整天都在用竹簍挑土。回程的電車中，我忍不住落下淚水。第二次則是拉繩子打樁。對我而言，那是最有趣的工作。

隨著進山的次數變多，國民學校的男學生們一看見我，便目不轉睛地盯著我瞧。某天，我扛著竹簍正在挑土，兩三名男學生與我擦身而過，其中一個人小聲地說：

「那傢伙是間諜嗎？」我聽了不禁大吃一驚。

我詢問跟我一起扛著扁擔的年輕女孩：

「他們為什麼會那麼說？」

年輕女孩一臉正色地回答：

「因為妳看起來像外國人。」

「妳也認為我是間諜嗎？」

「不。」這次她笑著回答。

「我是日本人！」才剛說完，我就忍不住因為自己的話聽起來既愚蠢又滑稽而獨自竊笑。

某天，風和日麗，我從一早就和男人們一起搬運原木。監工的年輕將校板著臉，指著我說：

「喂，妳！妳跟我過來！」

語畢，他便快步走向松林，我因為擔憂和恐懼，心裡七上八下地跟著他走。松林深處堆放著剛從木材場運來的木板，將校在那堆木板前停下腳步，轉過身來對我說：

「妳一定每天都很累吧！妳今天就負責看守這些木板吧！」並露出潔白的牙齒微笑。

「我只要站在這裡就好了嗎？」

「這裡涼爽且安靜，妳可以躺在木板上午睡也無妨。如果無聊的話，還可以看看這本書。不過妳可能已經看過就是了。」

將校從上衣口袋中取出一本小文庫本，羞赧地丟在木板上，又說：

「不嫌棄的話，就拿去讀吧！」

文庫本上寫著《三駕馬車》④。

③小學。從昭和十六年（一九四一年）至戰後昭和二十二年（一九四七年）改名為止這段期間所用的稱呼。

我拿起文庫本說：

「謝謝您。我家也有一個人很喜歡書，不過他現在去了南方。」

對方似乎誤會了，搖著頭，面色凝重地說：

「啊啊，這樣啊，是妳丈夫，對吧？南方可辛苦了。」

他又接著說：

「總之，妳今天就在這裡看守木板吧！妳的便當，我等一下再拿來給妳。妳好好休息吧！」

他丟下這句話，便快步離開了。

我坐在木板上閱讀文庫本，讀到將近一半時，又聽見那名將校的腳步聲朝我這裡走來。

「我送便當來了。妳一個人，不會無聊吧？」

說完，他將便當放在草地上，又急急忙忙地折返走掉了。

我吃完便當後爬上那堆木板，趴著看書。全部看完後，開始昏昏沉沉地睡起午覺來。

我醒來時，已下午三時許。我突然覺得先前似乎曾在某處見過那名年輕將校，但怎麼也想不起來。我爬下木板，輕撫頭髮以手指梳理整齊，這時又聽見他的腳步聲。

「今天真是辛苦妳了。妳可以回去了。」

我跑到將校跟前，遞出文庫本，想向他道謝，卻說不出話來。我默默地仰頭望著將校，我們的目光對上彼此時，我眼中旋即撲簌簌地掉下了淚水。而將校眼中也泛起淚光。

我們就這麼沉默不語地分別，從那天之後，那名年輕將校再也不曾出現在我們工作的地方。我只有那一天享受到一日輕鬆愜意的時光，從那之後，又依舊每隔一天就得前往立川後山從事苦工。母親很擔心我的身體，但我的身體反而變得更健壯了。現在我心底不但擁有可以靠土木工作生活的自信，也不再以下田工作為苦。

雖然我說過，戰爭的事，我既不想談也不想聽，但我卻忍不住說出了自己「寶貴的經驗談」。然而，關於戰爭的記憶，會讓我想提起的，大概也就只有這些了。剩下

④俄國作家泰來夏甫（Nikolai Teleshov）（一八六七～一九五七）的小說《三駕馬車》。泰來夏甫經常描寫移居西伯利亞的人民及礦工悲慘的生活。

的，就如那首詩一般愚蠢可笑——

去年無事，乏善可陳。
前年無事，乏善可陳。
大前年同樣無事，乏善可陳。

而我身邊留下的，除了那雙兩趾布鞋，只剩虛無。

從兩趾布鞋扯遠了，不過我就是穿著這雙可謂戰爭中唯一紀念品的兩趾布鞋每日下田耕種，以緩解內心深處隱約乍現的擔憂與焦躁。母親這陣子明顯變得越來越虛弱了。

蛇蛋。

火災。

從那時候起，母親便已逐漸病入膏肓。而我卻正好相反，漸漸變成了一個粗野低賤的女人。我忍不住覺得是我吸走了母親的生氣，養肥了自己。

火災時，母親也只開玩笑說了一句「木柴本來就是用來燒火的」，便再也沒提過一句關於火災的事。她表現得像是在安慰我，但其實母親內心承受的打擊，想必比我大上十倍。自從發生火災之後，母親時常在深夜裡呻吟。風大的夜晚，她便假裝要上洗手間，半夜三番兩次離開被窩巡視家中各處。她的臉色總是一片蒼白，有時看起來甚至舉步維艱。她先前曾說過要下田幫忙，我曾勸阻過她，但她卻自行從水井搬運五、六桶水到菜田。隔天肩膀僵硬疼痛到無法呼吸，在床上躺了一整天。打從那次之後，她就對下田工作死了心；偶爾來田裡，也只是目不轉睛地盯著我工作罷了。

「聽說喜歡夏季花卉的人，會死於夏天，真的嗎？」

母親今天一樣也來田裡盯著我工作，突然冒出這一句話。我默不作聲地幫茄子澆水。啊啊，這麼說來，已經是初夏了。

「我喜歡合歡開的花，但這座院子裡，一棵也沒有呢。」母親靜靜說道。

「不是有很多夾竹桃嗎！」我故意語中帶刺地說。

「我討厭那種花。大部分的夏季花卉，我都喜歡，但是那種花太輕佻了。」

「我喜歡玫瑰。可是，玫瑰一年四季都會開花，所以喜歡薔薇的人，春天死一次、夏天死一次、秋天死一次、冬天又死一次，一年得死四次嗎？」

我們都笑了。

「要不要稍微休息一下？」母親笑著說，「我今天有些事情想跟和子妳商量。」

「什麼事？如果您要聊死的事，我可不想聽！」

我跟在母親身後走，並肩坐在藤架下的長凳上。藤花開放的季節已過，和煦的午後陽光透過葉片，灑落在我們膝上，將雙膝染成了綠色。

「有件事，我從之前就想告訴妳了。只不過我想等我們倆心情愉快的時候再說，所以直到今天，我都在等待好時機。畢竟，這不是什麼太令人愉快的事。不過，我今天突然覺得可以把話跟妳說清楚了，所以希望妳也耐著性子，聽我把話說完。其實呢，直治還活著。」

我全身僵硬，無法動彈。

「五、六天前，妳和田舅舅捎了一封信來。信中提到，一名以前在妳舅舅公司任職的員工，最近從南方回來了。他去向妳舅舅打聲招呼，他們天南地北聊著聊著，才發現那個人碰巧跟直治隸屬同一支部隊。也打聽到，直治人平安無事，再過不久就可以回國了。只不過，有個壞消息。據那個人所說，直治似乎染上了鴉片，有很嚴重的毒癮……」

「又來了！」

我宛如吃了黃連般，苦澀得歪了嘴。直治就讀高等學校時，模仿某個小說家，染上了毒癮，並且因此在藥房欠下一筆可觀的債。母親前後花了兩年，才償清全部的借款。

「沒錯。他好像又開始用藥了。但是，聽那個人說，在毒癮痊癒之前是不准回國的，因此他一定會等戒了毒才回來吧！妳舅舅捎來的信上寫了，即使直治戒了毒才回來，也不可能讓他那種令人掛心的人物立刻去工作。現在東京這麼混亂，就連正常的人在東京工作，都會變得有些煩躁狂亂了。換成剛治好毒癮、才大病初癒的人，只怕會立刻發瘋。沒人知道他會做出什麼事情來。所以，妳舅舅說，等直治回來，最好即刻帶他來伊豆山莊，哪兒也別去，讓他在這裡靜養一陣子。還有一點，對了，和子，妳舅舅也提到了妳。妳舅舅說，我們的錢已經一毛都不剩了。什麼存款凍結還是什麼財產稅的，妳舅舅說要像以前一樣給我們寄錢來，會變得相當麻煩。所以呢，等直治回來之後，如果媽媽、直治以及和子妳繼續遊手好閒生活，舅舅要負擔我們三個人的生活費，必須相當辛苦，因此他要我趕緊決定，看是要幫妳找個人嫁了，或者去找戶人家幫傭。」

「幫傭，是要我去當女傭嗎？」

「不是，妳舅舅的意思是去駒場家。」

母親舉了某皇族的名字，「妳舅舅說，那位皇族跟我們有血緣關係，和子妳若是住進去擔任駒場家千金的家庭教師，也不怕心中落寞或繼續過這種窮酸日子了。」

「沒有其他工作可做了嗎？」

「妳舅舅說，其他職業怕妳勝任不了。」

「為什麼我無法勝任？您說呀，為什麼我不行？」

母親只露出一個寂寞的微笑，什麼也不回答。

「那種工作，我不做！」

我也知道自己脫口說出不該說的話。但是，我停不下來。

「我穿著這種兩趾布鞋、這種兩趾布鞋……」

我說著說著，眼淚滴落下來，忍不住嚎啕大哭。我抬起臉，邊用手背抹去眼淚，邊看著母親，心想「不行、不能這樣」。但是，內心的話卻在下意識中接連冒了出來，彷彿與我的肉體無關。

「媽媽您不是曾經說過嗎？您說，因為有我陪伴在媽媽身邊，所以您才願意來伊豆的，因為有我在！您還說過，如果我不在了，您還不如死了算了！因為您那些話，所以我才哪裡也不去，一直留在您身邊陪伴您；然後像現在這樣穿著兩趾布鞋，想種一些好吃的蔬菜給您吃！我心裡想的都是您，但是您一聽到直治要回來了，就突然嫌我麻煩，要我去皇族家當女傭？您未免太過分了吧？太過分了！」

我也覺得自己說話口無遮攔，但是口中的話語就像別的生物，怎麼也停不下來。

「要是變窮了沒錢，把我們的和服拿去變賣，不就好了嗎？不是還可以賣掉這棟房子嗎？要我做什麼，我都辦得到。叫我去這村莊的村公所當職員，還是要我做其他工作都行！若是村公所不肯雇用我，我再回去當土木工人也可以。貧窮根本不算什麼。我心中一直認為，只要媽媽您肯真心疼愛我，我願意一輩子陪伴在您身旁！但是，比起我，您更喜愛直治，對吧？我走，我離開。反正我從以前就跟直治處不來，三個人一起生活，只會讓所有人都變得不幸。長久以來，我一直和媽媽朝夕相處、相依為命，已經沒有什麼好留戀的了。以後直治跟您母子倆一起生活，希望直治能好好孝順您。我受夠了！我受夠以前的生活了！我走！我現在馬上就離開這個家。我還有地方可以去。」

我站起身來。

「和子！」

母親怒喝一聲，臉上露出我前所未見的嚴厲神色。她迅速站起身來面對我，此時的她看起來比我還高大。

我原本想立刻向她道歉的，卻怎麼也說不出口，反倒說出了其他的話。

「您欺騙我。媽媽您欺騙了我。原來，在直治回來之前，您都在利用我。您只當我是女傭罷了。現在不需要我了，就把我攆去皇族家！」

我佇立原地，「哇」地放聲大哭。

「妳真是個傻瓜呢！」

母親壓低的嗓音，因為憤怒而顫抖。

「是啊，我是傻瓜！就是因為我傻，才會受騙上當。因為我傻，您才會嫌我礙事。我不在比較好吧？貧窮算什麼？金錢又是什麼？這些我都不懂！因為我活到現在一直深信著您的愛，我以為您愛我！」

我心想「傻瓜！」，我知道我又說了不該說的話。

母親別過頭去。她哭了。我原本想向她說聲對不起並緊緊抱住她，但我有些在意因為下田工作弄髒的手，反而故意裝傻說：

「只要我不在就好了吧？我走。我還有地方可以去。」

我丟下這句話，便小跑步跑走了。我來到浴室，邊痛哭流涕，邊洗淨臉龐和手腳，然後回房間換上洋裝。這段期間，我又放聲嚎啕大哭，哭得死去活來。我還想繼續哭個痛快，於是便衝上二樓的西式房間，全身栽進床上，用毛毯蓋住頭。我淚如雨下，哭得人幾乎瘦了一圈。哭著哭著，意識逐漸遠去，我漸漸想念起一個人。我思念他、很想聽聽他的聲音。我萌生一股特別的心情，彷彿雙腳腳掌上點了艾灸一樣熱燙，卻只能強行忍耐。

將近傍晚時，母親靜靜地來到二樓的西式房間，打開電燈，來到床邊。

「和子。」

她輕聲呼喚我。

「在。」

我起身坐在床上，雙手撥一撥頭髮，望向母親的臉，發出「呵呵」的笑聲。

母親也露出一抹微笑，朝窗戶下方的沙發坐下，身體深深陷入其中。

「我出生以來第一次違抗了妳和田舅舅的要求。……媽媽啊，剛才寫好了要給妳舅舅的回信。我告訴他，我孩子的事，交給我自己操心就好。和子，我們把和服拿去賣了吧！把我們的和服統統拿去變賣，痛快揮霍，隨心所欲地過日子吧！我再也不想讓妳下田工作了。換了錢，我們就可以買昂貴的蔬菜。每天下田耕種，太勉強妳了。」

老實說，每天下田耕種，的確讓我有些吃不消了。剛才我之所以會發狂似地哭天喊地，也是因為下田讓我身心俱疲，加上長期的委屈讓我悲從中來，讓我怨恨並厭煩一切的關係。

我坐在床上，低頭不語。

「和子。」

「是。」

「妳說妳還有地方可以去，是哪裡？」

我發現自己面紅耳赤。

「是細田先生那裡嗎？」

我默不吭聲。

母親深深嘆息，接著說：

「我說說以前的事，可以嗎？」

「請說。」

我小聲回答。

「妳離開山木家，回到位於西片町的老家時，媽媽未曾責備過妳一言一語。然而，我只對妳說了一句：『妳背叛了我。』妳記得嗎？結果妳就哭了。……我當時也明白『背叛』這兩個字太沉重，但是……」

其實我那時候聽見母親這麼說，突然覺得很值得感激，才喜極而泣的。

「媽媽那時候說妳背叛了我，並不是指妳離開山木家，回到娘家來的事。而是我從山木口中聽說妳和細田先生其實是情侶。我得知此事時，嚇得臉色都變了。因為細田先生早就有家室了，就算妳再怎麼仰慕他也無可奈何啊……」

「什麼情侶，胡說八道。那是山木瞎猜的！」

「是嗎？妳該不會這麼多年來，心裡還在念著那位細田先生吧？妳說妳有地方可以去，是哪裡？」

「反正不是細田先生那裡。」

「是嗎？那麼是哪裡？」

「媽媽，我最近在思考一件事，就是人類和其他動物最大的差異，究竟是什麼呢？語言、智慧、思想及社會秩序，雖然多少有程度上的差異，但是其他動物也具備這些能力吧？牠們說不定還擁有信仰。人類以萬物之靈自恃，但其實在本質上根本與其他動物無異，不是嗎？可是呢，媽媽，有一點不同。您大概不知道吧？只有人類擁有，而其他動物絕對沒有的東西——那就是祕密。您覺得我說得有沒有道理？」

母親臉上微微泛紅，笑得很美麗。

「啊啊，希望妳的祕密，能夠有好的結果。媽媽每天早上都向妳爸爸祈禱，希望保佑和子妳能幸福。」

我心中突然浮現從前和父親在那須野⑤開車兜風，中途下車時看見漫山遍野的秋色。原野上開滿萩草、石竹、龍膽草、黃花龍芽草等秋季花草。野葡萄的果實則仍青澀。

後來，我和父親來到琵琶湖⑥，我們搭乘汽船遊覽湖上風光。我躍入湖水中，棲息於水藻間的小魚在我腳邊穿梭。雙腿的影子清楚映照在湖底，影子隨著水波搖盪。當時的情景與現在毫無任何前後關聯，驀然浮現於心頭，又轉瞬消失。

我滑下床，抱住母親的雙膝，這時終於才能開口對她說：

「媽媽，剛才真對不起！」

現在回想起來，那天是我們的幸福時刻，最後一道殘留的火光；後來，直治從南方回來了，我們真正開始了地獄般的生活。

⑤位於栃木縣北部的原野。
⑥位於滋賀縣，為日本最大的湖泊。

所謂的使壞，不正是溫柔體貼嗎？

不良とは、優しさのことではないかしら。

三

我惴惴不安，總覺得活不下去了。這就是所謂的「擔憂」嗎？痛苦如浪潮在我心中翻騰，宛如一道道白雲匆忙奔過午後驟雨停歇的天空般，揪住又放開我的心臟，使我心跳停滯、呼吸稀薄、眼前逐漸黯淡，我感到全身力氣頓時從指尖消失，使我無法再繼續編織衣物。

最近陰雨綿綿，無論做什麼都令人憂鬱。今天，我搬了一把藤椅坐在和室外廊，打算繼續完成今年春天織到一半、中途擱置的毛衣。毛線是朦朧的淡牡丹色，我打算加上一些鈷藍色毛線，織成毛衣。這團淡牡丹色毛線是二十年前我還在就讀初等科①時，母親用來為我編織圍巾的毛線。圍巾一端可做為頭巾戴在頭上，我戴上它朝鏡子一瞧，看起來像隻小鬼怪。加上顏色和其他同學的圍巾顏色相差太多，我討厭得不得了。一個來自關西，家中繳納高額稅金②的同學，帶著大人的口吻稱讚：「妳的圍巾真漂亮！」卻讓我更加難為情。從此之後，我再也不曾圍過這條圍巾，棄之不理。直到今年春天，我本著廢物利用的意思，決定拆開圍巾改織成我的毛衣。但我仍舊不喜歡這種朦朧的色調，織了一陣子就放棄了。今日實在百無聊賴，突然想起它，決定拿出來繼續織下去。不過，織著織著，我發現這團淡牡丹色毛線與下雨的灰色天空融為一體，呈現出一種難以言喻、柔和且沉穩的色調。這才明白，我從不知道原來必須考慮服裝和天空顏色的調和。我愕然驚覺調和是多麼美麗且高雅的事啊！下雨的灰色天空與淡牡丹色毛線兩者組合後，反倒讓雙方同時變得更有活力，令我感到不可思議。我突然覺得手上的毛線變得亮眼而溫暖，連冰冷陰雨的天空也變得如天鵝絨般柔軟。我想起莫內[3]那幅霧中寺院的畫。透過這團毛線的色澤，我明白了所謂的「goût」[4]——高尚的品味。母親深知淡牡丹色與冬季下雪的天空調和得多麼完美，才特地為我挑選的，我卻愚蠢地心生厭惡，棄之如敝屣。即使如此，母親從未強迫身為孩子的我

①學習院初等科。相當於小學，六年制。現在的學習院仍保留這個稱呼。學習院原本是為了朝廷貴族子弟所設立的學校。
②戰前在學習院，除了華族（貴族階層之一）以外，也允許繳納高額稅金人家的子弟入學。
③Claude Monet（一八四〇～一九二六）。法國印象派畫家，受透納及前拉斐爾派影響，重視外部光線與色彩的效果，善於呈現光線的細微變化，偏好描繪水邊風景。
④goût（法文）興趣、嗜好。高尚的品味。

喜愛它，而任憑我自由抉擇。直到我真正明白這種顏色的美為止，二十年來，母親一句話也不曾針對這個顏色說明過，她始終默默裝作無所謂的模樣，等著我喜歡上它。我由衷覺得她是個好母親的同時，又想到在我和直治兩人一同折磨下，這麼好的母親會不會變得更加痛苦虛弱而死亡呢？難以承受的恐懼和擔憂如同烏雲湧上心頭。我越想越覺得前途盡是令人畏懼的禍事。我惴惴不安，總覺得活不下去了，連指尖都失去力量。我將棒針置於膝上，大大嘆了一口氣，仰起頭、閉上雙眼，不禁喊了一句：

「媽媽。」

母親坐在和室一角的書桌前看書，語氣疑惑地回應我：

「什麼？」

我遲疑了一會兒，接著大聲說：

「玫瑰終於綻放了。媽媽您知道嗎？我剛剛才發現的。玫瑰終於開了。」

緊鄰著和室外廊前方生長的玫瑰。那是和田舅舅以前不知道從法國還是英國——我不太記得了，總之是從非常遙遠的地方——帶回來的玫瑰。兩、三個月前，舅舅將玫瑰移到這座山莊院子裡栽種。我早就知道玫瑰今天早上終於開了一朵花。但是我為了掩飾害羞，假裝剛剛才發現似地誇張大叫。花朵呈深紫色，有種凜然脫俗的傲氣與堅韌。

「我知道。」母親靜靜地說。

「那種事情對妳而言，似乎特別重大呢！」

「或許吧。您覺得我很悲哀嗎？」

「不，我只是說妳有時候會那樣。在廚房的火柴盒上貼雷諾瓦[5]的畫，或是為玩偶製作手帕，妳就是喜歡那樣的事情。院子裡的玫瑰也是，聽妳的描述，好像在講一個活生生的人似的。」

「因為我沒有孩子嘛！」

我脫口說出了連自己也沒預料到的話。說完後，我嚇了一跳，難為情地玩弄著擱置在腿上的毛線衣。

——因為妳才二十九歲啊！

⑤ Auguste Renoir（一八四一～一九一九）。法國印象派的代表性畫家，偏好描繪豐滿的女性裸體，色調明亮甜美。

我彷彿清楚聽見男人以電話中那種令人酥麻害羞的低沉嗓音說著這句話，不禁害羞得雙頰發燙。

母親什麼也沒說，繼續看書。母親從前陣子開始戴上紗布口罩，或許是這緣故，她最近變得沉默寡言。口罩也是遵從直治的指示才開始戴的。直治大約十天前從南方島嶼回來了，曬得黝黑卻一臉鐵青。

事前沒有任何通知，在某個夏天傍晚，從後方木門走進庭院。

「哇啊，真糟糕！這房子真沒品味！乾脆貼上『來來軒　販售燒賣』的廣告算了！」

這就是直治見到我第一面時問候的話。

在他回來的兩、三天前，母親就因為舌頭的疾病臥病在床。她的舌尖，外觀看起來與平常無異，但只要移動舌頭便疼痛不堪，因此只能食用稀飯。我問她要不要去給醫生看看，她搖頭拒絕苦笑說：

「會被笑的。」

我幫她塗了一些碘酒，但似乎不具任何療效，令我莫名煩躁。

就在此時，直治回來了。

直治坐在母親枕邊說了一句「我回來了」，向她一鞠躬後立刻站起身來，在狹小的房子裡四處走動張望。我跟在他後頭。

「怎樣？媽媽變得不一樣了嗎？」

「變了、變了。她變憔悴了。不如快點死一死比較好。媽媽沒辦法在這種世界活下去的。太悲慘了，讓人不忍卒睹。」

「我呢？」

「變低俗了。妳看妳那張臉，好像同時擁有兩、三個男人似的。有酒嗎？我今晚想喝個痛快！」

我前往這座村落唯一的旅館，告訴老闆娘阿咲我弟弟回來了，拜託她分一些酒給我，但阿咲說酒碰巧賣完了。我回家將這件事告訴直治，結果直治露出前所未見判若兩人的表情回我：「嘖！一定是妳不會交涉，人家才這麼回妳的！」接著他向我問了旅館的位置，便穿著木屐衝出門。我等了又等，都等不到他回來。我準備了直治以前最喜歡的烤蘋果和雞蛋做成的菜餚，也幫飯廳換上明亮的燈泡，等了許久，阿咲從廚房外門探頭進來。

「我說……他一直在喝燒酒，不要緊嗎？」她的眼睛原本就像鯉魚眼一樣圓滾滾的，這下瞪得更大了；她壓低聲音說話，彷彿在商量什麼重大事情一樣。

「妳說的燒酒，是甲醇嗎？」

「不是甲醇。」

「喝了不會生病吧？」

「是不會，可是……」

「那就讓他喝吧。」

阿咲嚥了一口口水，點個頭就回去了。

我走向母親身邊，告訴她：

「他在阿咲那裡喝酒。」

母親嘴角微微上揚，笑了起來，她說：

「這樣啊。他戒掉鴉片了嗎？妳快點把飯吃了吧！今晚，我們三個人一起在這房間睡。妳把直治那床棉被鋪在中間。」

我頓時覺得好想哭。

夜深了，直治踩著響亮的腳步聲回來了。我們三人鑽進同一頂蚊帳在和室就寢。

「你說些南方的事情給媽媽聽吧？」我躺著說。

「沒什麼好說的，我全忘光了。我抵達日本、搭上火車，從火車車窗看出去的水田非常美麗。就這樣。關燈吧！燈開著，我睡不著。」

我關上電燈。夏夜的月光宛如洪水，溢滿蚊帳之中。

翌日清晨，直治趴在床上邊抽著菸邊望著遠方大海。

「聽說妳舌頭痛？」他的口吻聽起來，像是第一次注意到母親身體不適似的。

母親幽幽一笑。

「妳一定是病由心生。妳晚上都張著嘴巴睡覺吧？真邋遢！戴口罩吧！把浸過黃藥水的紗布放進口罩裡就行了。」

我聽了後噗哧一笑。

「那是什麼療法？」

「這叫美學療法。」

「但是，媽媽一定不肯戴口罩的。」

不止口罩，舉凡眼罩和眼鏡，母親應該非常討厭在臉上戴那些東西才對。

「媽媽，您要戴口罩嗎？」我詢問母親。

「我戴。」母親認真地低聲回答，讓我訝異不已。似乎只要是直治說的話，她都願意相信並聽從。

吃完早餐後，我依照先前直治所說的，將紗布浸入黃藥水後製成口罩，拿給母親，母親不發一語接過口罩，躺在床上乖乖將口罩兩端的細繩套在耳後。那模樣就像一個年幼的女童，不禁令我悲傷。

正午過後，直治說要跟東京的朋友及文學界的大師見面，便換上西裝，向媽媽拿了兩千圓，出發前往東京。之後將近十天，直治一直沒回家。母親則是每天戴著口罩，盼著直治歸來。

「黃藥水真是治病良藥呢！只要戴著口罩，舌頭就不會痛了。」

母親笑著說，但我總覺得母親在說謊。她嘴上說不要緊，現在雖然可以起來了，但仍舊食欲不振，話也不多，我內心惦掛不已。不知道直治在東京做什麼？想必一定又跟那個姓上原的小說家還是誰一起在東京四處玩樂，被捲入東京瘋狂的漩渦之中了。我越想越痛苦，所以才冷不防向母親報告玫瑰花的事，還脫口說出「因為我沒有孩子」這種連自己都感到意外的奇怪回答，我越想越覺得自己不對。

「啊！」

我站了起來，卻無處可去，左右徘徊不知所措，腳步踉蹌地爬上樓梯，走向二樓的西式房間。

這裡預定作為直治的房間，四、五天前我和母親商量，拜託下方農家的中井先生幫忙，把直治的西服衣櫃、書桌、裝書的箱子，還有五六個塞滿藏書及筆記本的木箱——總之以前放置在直治房間裡的東西——全搬到這裡。我認為可以等直治從東京回來再將衣櫃和裝書的箱子放到他喜歡的位置，在那之前暫時堆放在這裡也無妨，因此房間裡堆滿散落一地的物品，連站的地方都沒有。我不經意地從腳邊的木頭箱子裡取出一本直治的筆記本一瞧，筆記本封面寫著：

夕顏⑥日記

裡頭雜亂地寫了許多內容。似乎是直治受毒癮所苦的那段期間寫下的手記。

烈火焚身而死的感覺。即使痛苦也無法叫一聲苦，自古以來，前所未有，自人世開始以來，史無前例，宛如身處無間地獄的感受，無法敷衍自己那只是幻覺。

思想？假的。主義？假的。理想？假的。秩序？假的。誠實？眞理？純粹？全都是謊言。牛島藤樹⑦號稱樹齡千年，熊野藤樹⑧號稱樹齡百年，相傳它們的花穗前者最長九尺，而後者也有五尺餘，光是花穗就令人心雀躍不已。

那也是人之子。存活於世。

理論，畢竟只是對邏輯的愛。而非對活人的愛。

面對金錢與女人。邏輯羞怯地快步離去。

歷史、哲學、教育、宗教、法律、政治、經濟、社會，比起上述學問，還不如一名處女的微笑更來得尊貴。浮士德博士⑨已勇敢地親身證實。

所謂的學問，是虛榮的別名。是人類讓自己不再爲人所做的努力。

我可以向歌德發誓。再怎麼精巧的文章，我都寫得出來。全篇結構毫無錯誤、適度的滑稽、令讀者熱淚奪眶的悲哀，或者嚴肅、令人正襟危坐專心傾聽的完美小說；高聲朗讀聽起來，宛如電影銀幕上的解說，如此難爲情的內容，我寫得出來嗎？想創作出傑作的意欲，太小家子氣了。讀本小說還要正襟危坐，是狂人的所爲。既然要那麼做，不如換上羽織袴⑩來看書好了。越好的作品，越不會裝模作樣。我因爲想看朋友發自內心歡笑的笑容，故意搞砸了一篇小說，寫得糟糕透頂，跌個四腳朝天、搔搔頭逃跑。啊啊，一想到當時朋友開心的表情就好笑！

我以文不成文、人不成人的模樣，吹奏玩具喇叭公告世人：日本第一大笨蛋就在這裡，你還比我好呢！一如既往，發揮你的能力吧！如此爲人著想祈願的情感，究竟是什麼呢？

朋友露出洋洋得意的表情，回憶道：那就是那傢伙的壞習慣，眞可惜啊！他渾

⑥又名葫蘆花、月光花。夕開朝落，在文學中多指嬌柔美麗卻薄命的女子。
⑦位於埼玉縣春日部市牛島的藤樹。以樹齡悠久、花朵茂密艷麗而為人所知。
⑧位於和歌山縣熊野三山的藤樹。
⑨歌德基於歐洲自古流傳的傳說，所寫成的詩劇《浮士德》的主角。浮士德博士學識淵博，但為求知識和權力而受惡魔誘惑，返老還童、耽溺於戀愛的故事。「一名處女的微笑」指返老還童的浮士德情人、心目中永遠的女性海蓮娜。
⑩男性的傳統正式禮服。

然不知自己受人喜愛。

這世上眞有不是敗類的人嗎？

索然無味的回憶。

渴望金錢。

否則，

希望在睡夢中自然死亡！

我還欠藥房將近千圓的借款。今天，我偷偷帶著當鋪老闆回家進我房間，告訴他如果我房裡有任何值錢的東西就拿走，我急需金錢。老闆正眼也不看一眼，就回我：「算了吧！反正也不是你的東西。」我故意擺架子對他說：「既然如此，那就把我用我自己的零用錢買的東西拿走吧！」只可惜我四處收集的破銅爛鐵，連一個都不具典當的資格。

首先是一條石膏手臂。這是維納斯的右手。如大理花般的手、雪白無瑕的手，放置在臺座上。但是，再仔細一瞧，這是維納斯被男人看見她全裸的嬌軀，放聲驚呼、含羞轉身，赤裸的肌膚泛紅發燙，扭動身體遮掩的手。裸身的羞恥幾乎令維納斯屏息，透過沒有指紋的指尖、手心裡一條掌紋也沒有且純白纖細的右手，我們甚至可以感受到她臉上呈現出令人揪心的哀切表情。但是，這終究是不實用的破爛。老闆只開價五十錢。

其他還有巴黎近郊的大地圖、直徑將近一尺的賽璐珞陀螺、筆觸比絲線更細的特製筆尖，全都是難得一見的寶貝，但是老闆只笑著說他要回去了。我制止他，最後讓老闆扛走成堆的書，收了五圓。我書架上的書，幾乎都是廉價的文庫本，而且還是從二手書店買來的，當不了多少錢，所以才這麼便宜。

爲了解決千圓借款，結果只賣了五圓。人生在世，原來我的實力僅止如此。這可不好笑。

頹廢？但是，不這麼做，我活不下去。比起說我頹廢，當面指責我要我「去死！」的人還更值得感謝。乾脆痛快。但是人們不太會指著別人、要人家去死。眞是一群小器謹慎的僞善者！

正義？所謂階級鬥爭的本質，並不在此。人道？開什麼玩笑！我深知何謂正義與人道，就是爲了自己的幸福，扳倒對手、殺了對方。正義與人道，如果不是宣告對方「去死！」，又是什麼？別裝傻了！

只可惜，我們的階級中，沒有半個像樣的傢伙。白癡、幽靈、守財奴、瘋狗、吹噓、自恃高尚使用奇異的敬語、站在雲端上撒尿。

連給他們一句「去死！」都嫌浪費。

戰爭。日本的戰爭是自暴自棄。

我才不想被捲入自暴自棄中喪命。我寧願獨自死去。

人類撒謊時，一定會裝得一臉無比正經。就如最近領導者們臉上那嚴肅認眞的表情。噗哧！

我想跟不是一心只想著受人尊敬的人一起遊玩。

可惜那樣的好人，不會願意與我交遊。

我假裝早熟，人們便傳言說我早熟。我假裝懶惰，人們便傳言說我懶惰。我假裝寫不出小說，人們便傳言說我寫不出小說。我假裝說謊，人們便傳言說我撒謊。我假裝有錢，人們便傳言說我有錢。我假裝冷淡，人們便傳言說我是個冷淡的傢伙。但是，當我眞的痛苦得忍不住呻吟時，人們傳言說我假裝痛苦。

只能說，事與願違。

結果，除了自殺，還能怎麼做呢？

即使這麼痛苦，但只要自殺就能結束，一想到此，我忍不住放聲大哭。

春日清晨，旭日照在綻放了兩、三朵花的梅樹枝上，據說有個就讀海德堡大學的年輕學子[11]縊死在樹枝上。

「媽媽！妳罵我！」

「要我罵你什麼？」

「罵我膽小鬼！」

「是嗎？膽小鬼。……這樣可以了吧？」

媽媽好得無與倫比。一想到媽媽，我就想哭。我也只能一死向媽媽謝罪。

請原諒我。如今，原諒我一次吧！

年復一年

盲眼雛鶴

成長茁壯

肥美迷人（元旦試作）

嗎啡　阿特羅莫　納科蓬　潘多本　巴比納　班諾賓　阿托品⑫

所謂的自尊是什麼？什麼是自尊心？

人類，不，男人不自認爲「我很優秀」、「我有很多優點」，就活不下去嗎？

厭惡他人，受他人厭惡。

較量智慧。

嚴肅＝癡傻

總之，人只要活著，一定要過花招欺騙別人。

某封借錢的信。

「請回信。

⑪德國海德堡大學的學生。以 Wilhelm Meyer-Förster 的戲曲《Alt-Heidelberg》而知名。
⑫Morphine、Atromol、Narcopon、Pantopon、Pavinal、Panopin、Atropin 皆是鎮定、鎮痛、麻醉劑等藥品名稱。

請給我回信。

而且，務必給我一個好消息。

我預期將會受到各種屈辱，獨自痛苦呻吟著。

我不是在演戲。絕非如此。

求求妳。

我羞愧得快死了。

不是誇張。

我每天等著妳的回信，不分日夜害怕得顫抖。

別讓我失望。

牆壁那頭傳來竊笑聲，深夜，我躺在床上輾轉難眠。

別讓我受辱。

姊姊！」

讀到這裡，我闔上那本《夕顏日記》，放回木頭箱子中，接著走向窗邊，打開整扇窗，望著下方雨水霧白的庭院，回想當時的事情。

已經六年了。直治染上毒癮正是我離婚的原因。不，不該那麼說。我離婚，即使沒有直治的毒癮，也會因為其他原因，早晚會離婚的；我甚至覺得從我出生時就已注定。直治因為付不出錢給藥房，經常來向我索取金錢。當時我剛嫁給山木，還無法自由運用手中的錢財；況且將婆家的錢偷偷交給娘家弟弟周轉，也會落人口舌，因此我跟從娘家陪嫁過來的阿關婆婆商量，賣了我的手鐲、項鍊及禮服。弟弟來信跟我討錢，他在信中寫道：「我現在既痛苦又羞愧，沒臉見妳，也不敢打電話給妳。請妳交代阿關把錢送到住在京橋×丁目茅野公寓的小說家上原二郎先生那裡，姊姊妳應該也聽過他的名字。上原先生的名聲不好，世人都批評他墮落腐化，但他絕對不是那樣的人，請放心把錢交給他。收到錢之後，上原先生會立刻打電話通知我，所以請妳務必照做。我這次中毒的事，請別讓媽媽知道。我想趁媽媽尚不知情，想辦法治好毒癮。這次收到姊姊的錢，我會拿去藥房償清借款，然後去鹽原的別墅休養，等恢復健康之後再回去。我是認真的。我打算等償清藥房的借款後，立刻戒掉麻藥。我對神發誓，請妳相信我，對媽媽保密，派阿關把錢送給茅野公寓的上原先生。」我依照他的指示，派阿關帶著錢偷偷送去上原先生的公寓，但是弟弟信上的誓言一如往常仍是謊言。他並未前往鹽原的別墅，毒癮也越來越嚴重，寫信來討錢的文章，也全是苦苦哀求的語氣。因為他那些令人不忍卒睹的哀切誓言，我明知道他可能又在撒謊，但還是忍不住叫阿關將胸針之類的拿去變賣，然後送錢到上原先生的公寓。

「上原先生是個怎麼樣的人？」

「個子矮小、臉色蒼白、個性冷淡的人。」阿關回答。「不過，他很少待在公寓裡。大部分只有他太太和一個年約六、七歲的女孩兩個人在家。他太太並不是特別漂亮，但溫柔親切，待人和善客氣。我覺得可以放心把錢交給那位太太。」

當時的我和現在相較之下——不，簡直無法相比——完全判若兩人，傻氣糊塗又無憂無慮。但是，弟弟三番兩次來信，金額不斷增加，令我不禁擔心。某天，我看完能劇回程途中，在銀座先讓車子回家，一個人走到位於京橋的茅野公寓。

上原先生獨自在家裡看報紙。他身穿條紋花樣的秋冬和服，再套上藏青色的和服外套，看起來既像老人家又很年輕，就像前所未見的珍禽異獸。給我留下了奇怪的第一印象。

「我老婆跟小孩去領配給品了。」

他有點鼻音，講話斷斷續續的。他似乎誤會我是他太太的朋友了。我告訴他，我是直治的姊姊後，上原先生「哼」地笑了一聲。我背後莫名泛起一道寒意。

「我們出去外面談吧！」

他說完，披上雙層披肩外套⑬，從鞋櫃裡取出一雙新的木屐套上，立刻帶頭走在公寓走廊上。

外面是初冬的傍晚。寒風刺骨。感覺像是從隅田川上颳來的風。上原先生微微聳起右肩，朝築地的方向不發一語地逆風而行。我小跑步跟在他後頭。

我們走進位於東京劇場後方大樓的地下室。四、五組客人待在十坪左右的狹長房間裡，各自圍著桌子，靜靜地喝著酒。

上原先生舉杯飲酒。又幫我要了一個杯子，向我勸酒。我拿起那個杯子喝了兩杯，沒什麼大不了的。

⑬西式外套的一種，將 inverness coat 改良成日式風格。因有寬闊的披肩狀袖子，看起來像是雙層構造。

上原先生喝酒抽菸，一直沉默不語。我生平第一次來到這種地方，但心情卻出奇地冷靜愉悅。

「要是喝酒就好了。」

「咦？」

「不，我是說令弟。如果他的癮頭轉換成酒精就好了。我以前也曾染上毒癮，人們覺得那很可怕，其實酒精也是一樣的，但是人們卻對沉迷於酒精格外地寬容。設法讓令弟變成酒鬼就好了。如何？」

「我見過酒鬼。有一次新年，我正準備出門時，瞧見我家司機的朋友坐在副駕駛座上呼呼大睡，整張臉紅得跟鬼怪一樣。我嚇得大叫，司機說那人是個酒鬼，拿他沒轍，說完便把他拖下車，扛在肩上，把他帶走了。那個人全身癱軟如泥，像是沒有骨頭一樣，嘴上嘀嘀咕咕的，我那時候第一次看到酒鬼，相當有趣。」

「我也是酒鬼。」

「哎呀，不是吧？」

「妳也是酒鬼。」

「不可能。我看過酒鬼。根本不一樣！」

上原先生這才開心笑了起來。

「那麼，令弟或許也成不了酒鬼，不過，染上酒癮比染上毒癮好。妳回去吧！太晚回去，妳會傷腦筋吧？」

「不會，沒關係。」

「不，老實說，是我怕付不起錢。老闆娘！結帳！」

「一定很貴吧？我身上有帶點錢。」

「是嗎？那妳付吧！」

「說不定會不夠。」

我看了看手提包，告訴上原先生有多少錢。

「有那麼多，還可以再喝兩、三家！妳當我是白癡啊！」

上原先生板著臉說完之後笑了起來。

「你還要去別的地方喝酒嗎？」

我問他，他一臉正經地搖頭說：

「不，我喝得夠多了。我幫妳攔計程車，妳回去吧！」

我們爬上地下室昏暗的樓梯。先我一步拾級而上的上原先生走到樓梯中央，轉過身來面對我，出其不意地吻了我。我緊閉雙脣，接受了他的吻。

我並未特別喜歡上原先生，但從那時起，我便擁有了那個「祕密」。上原先生喀噠喀噠喀噠地走上階梯，我懷著不可思議而清澈透明的心情，慢慢上樓走出大樓外，河上颳來的風拂過臉頰，非常舒暢。

上原先生幫我攔了計程車，我們不發一語地分道揚鑣。

我在車裡左搖右晃，突然覺得世界變得如汪洋一樣寬闊。

「我有一個情人。」

某天，丈夫胡言亂語取鬧，令我感到落寞，我突然這麼說。

「我知道。是細田吧？妳怎麼樣就是忘懷不了他嗎？」

我沉默不語。

每次我們夫妻之間發生任何爭執，他就會搬出這個話題。我知道已無法挽回。就如縫製禮服時不小心剪錯布料，便不能縫合那塊布料繼續使用，只能全部丟棄，再剪一塊新的布料。

「妳肚子裡的孩子，該不會是……」

某天夜裡，丈夫對我這麼說，我害怕得全身顫抖。現在回想起來，我和丈夫當時都太少不更事了。我不懂何謂情，更不懂何謂愛。我熱愛細田先生畫的畫，逢人就說「如果我可以成為他的妻子，一定可以過著美好的日子！除非跟那種品味高尚的人結婚，否則婚姻根本毫無意義。」因此被大家誤解了。即使如此，我依舊不懂情愛，毫不掩飾地公然說我喜歡細田先生，也不打算澄清誤會，導致事情越來越複雜難解。連當時肚裡懷的孩子都成了丈夫懷疑的對象。我們夫妻倆分明都不曾明言提出離婚的事，但不知不覺間，周圍竟然都開始睜著眼說瞎話。我只好帶著陪嫁的阿關一起回娘家。後來，孩子胎死腹中，我大病一場，臥床不起。我和山木從此再也不曾聯絡。

直治似乎覺得該為我的離婚負責，他揚言要尋死，嚎啕大哭，哭得臉都快爛了。我問他還欠藥房多少錢，結果金額高得嚇死人。後來我才知道，弟弟不敢說出實際的金額，向我撒了謊。之後發現實際的總金額，將近當時弟弟告訴我的三倍。

「我見過上原先生了。他是個好人。以後你就跟他一起喝酒玩樂吧？酒不便宜。

但如果是喝酒的錢，要多少，我隨時可以給你。欠藥房的錢，你不用擔心。總是有辦法的。」

我見過上原先生，又誇讚他是個好人，似乎令弟弟非常開心。當晚弟弟便跟我拿了一些錢，立刻找上原先生遊樂去了。

毒癮，或許是精神上的疾病。我讚美上原先生，又向弟弟借了上原先生寫的書來看。我說他是個了不起的人，弟弟就回我：「姊姊妳懂什麼！」即使如此，他還是很開心地拿來上原先生的其他作品，告訴我：「那妳讀讀這本吧！」後來，我認真閱讀上原先生所寫的小說，並和弟弟一起談論上原先生的各種傳聞。弟弟每天晚上都大搖大擺地跑去找上原先生玩樂，漸漸按照上原先生的計畫，藥癮轉變成酒癮。至於積欠藥房的債，我偷偷找母親商量，母親一手摀住臉沉思良久，過了好一會終於抬起臉來露出落寞的笑容說：「煩惱也沒用。雖然不知道要花多少年，還是每個月一點一點償還吧！」

那之後，過了六年。

夕顏。啊啊，弟弟一定也很痛苦吧！前途受阻、無路可走，他一定不知道該如何是好吧？所以只能每天拚命喝酒。

乾脆狠下心來，成為真正的敗類，又會如何呢？這麼一來，弟弟說不定反而會落得輕鬆吧？

他的筆記本中曾寫過「世上真有不是敗類的人嗎？」照他這麼說來，我漸漸覺得我是敗類、舅舅也是敗類，就連母親也成了不折不扣的敗類。所謂的使壞，不正是溫柔體貼嗎？

聲名狼藉的人反而更安全，不是嗎？
就像脖子上掛著鈴鐺的小貓一樣討人喜愛。
深藏不露的敗類反倒更可怕呢！

札つきなら、かえって安全でいいじゃないの。
鈴を首にさげている子猫みたいで可愛らしいくらい。
札のついていない不良が、こわいんです。

四

我猶豫了許久不知是否該寫信給你。不過，今天早上我驀然想起耶穌的教誨：「你們要馴良如鴿子，靈巧如蛇。①」突然精神都來了，於是決定寫封信給你。我是直治的姊姊，你還記得嗎？如果忘了，希望你回想起來。

直治最近又三番兩次去打擾你，似乎給你添了不少麻煩，眞是抱歉。（其實，直治做什麼都是他自己決定的，卻由我向你道歉，似乎沒有道理。）今天我不是爲了直治，而是爲自己的事想請你幫忙。聽直治說，你在京橋的公寓不幸遇上災難後，你搬到了現在的住址，我很想前往你位於東京郊外的府上造訪，但是家母最近身體欠安，我不能擱下母親自行前去東京，所以才決定寫信給你。

我想跟你商量一件事。

我接下要說的事情，若從過去《女大學》②的立場來看，或許是非常狡猾、骯髒、且惡劣的犯罪。但是我，不，是我們家，依照現狀，實在無法繼續生活下去。

你是我弟弟在這世上最尊敬的人，因此我才希望你傾聽我最坦誠眞實的心聲，並給我一些意見。

對我而言，現在的生活令我難以忍受。不是喜歡或討厭的問題，而是再這樣下去，我們一家母子三人將無法維持生活。

昨天，我很痛苦，身體燥熱、喘不過氣來，不知如何是好。中午過後下起了雨，下方農家的女兒扛了白米過來。我依照約定，將衣物送給了她。農家女兒和我在餐廳裡面對面坐著，她邊喝茶邊以再現實不過的口吻對我說：

「妳覺得光靠變賣東西生活，還能撐多久？」

「半年或一年。」我回答，舉起右手遮住半邊臉。「我好睏，我睏得受不了。」

「妳一定是太累了。所以才會精神衰弱，害妳老是昏昏欲睡吧！」

「或許是吧！」

①出自《新約聖經．馬太福音》第十章十六節。原文順序是相反的，正確的順序應該是「你們要靈巧如蛇，馴良如鴿子」。

②江戶時代以假名寫給女子所看的教養書，相傳為貝原益軒所著。

我很想哭，心中突然泛起現實主義和浪漫主義這兩個字來。我並非現實主義者。但一想到家裡現在這狀況還能撐多久？我不禁全身發冷。家母已是半個病人，臥病在床、時睡時醒；至於舍弟，你也知道他心病病得不輕，在家時，他老到附近一家兼營旅館的餐廳喝燒酒，帶著我變賣衣服的錢，每三天去一趟東京出差。不過，這還不是最令我痛苦的。更可怕的是，我可以清楚預見到，我的生命將困在這樣的日常生活中無法動彈，不知所措地腐爛消失，就像芭蕉葉子尚未凋零就腐爛一樣。我實在無法忍受。因此，儘管會違背《女大學》的訓誨，我也想逃離現在的生活。

因此，我想和你商量一下。

我現在想對母親及弟弟坦白。告訴他們，我一直愛著一個人，將來，想以情婦的身分和他一起生活。那個人你應該也認識。他的名字縮寫是M．C。一直以來，當我感到痛苦時，我就想立刻飛奔到M．C身邊；我對他朝思暮想，思念之心令我生不如死。

M．C和你一樣也有妻小。好像也還有比我年輕貌美的女性朋友。但是，我總覺得除了投靠M．C之外，再也沒有其他的生存之道了。我尚未見過M．C的夫人，但聽說她是個十分溫柔婉約的女子。一想到那位夫人，我就覺得自己是個可怕的女人。但是，現在的生活更加可怕，我只能選擇投靠M．C。我想像鴿子一般馴良、像蛇一般靈活地實現我的愛情。但是，家母、弟弟，還有世人，一定都不會贊同我吧！你呢？到頭來，我除了獨斷獨行之外，別無他法；一想到這裡，眼淚不禁奪眶而出。我打出生以來，第一次遇到這樣的事。我就像思考極其複雜難解的代數因數分解問題一樣苦思著：難道就沒有辦法在周圍的祝福下，解決這個難題嗎？最後，我突然覺得找到了一個可以巧妙地解開難題的線索，心情豁然開朗。

但是，關鍵是M．C，他會怎麼看我呢？一想到這裡，我又不禁氣餒。畢竟，該說我是投懷送抱……或者說是自己送上門的老婆、送上門的情婦嗎？但事實就是如此，所以如果M．C不肯接受，就沒戲可唱了。所以，我想請你幫我問看看。六年前的某一天，我的心裡升起一道隱約可見的彩虹，雖然那既非情也非愛，但隨著歲月流逝，彩虹顏色變得越來越鮮豔濃烈；長久以來，我一直看著它，從來不曾錯失過它。雖然午後驟雨過後的晴空上高掛的彩虹終將消失無蹤，可是，掛在人心頭上的彩虹是不會消失的。請你替我問問他，他對我有什麼看法？是否也將我視爲雨後空中的彩虹？或是他心中的彩虹早就消失了呢？

若眞是如此，我也必須消除我的彩虹。然而，若不先消除我的生命，心中的彩虹是不會消失的。

期待你的回信。

致上原二郎先生（我的契訶夫。My Chekhof[3]。M・C）

我這陣子身子逐漸發福。與其說我變成了一個更具有野性的女人，不如說我越來越像個人了。今年夏天，我只讀了一本勞倫斯[4]的小說。

M・C先生

由於沒收到你的回信，所以我決定再寫一封給你。上次寄去的信，充滿了如蛇般狡猾的奸計，我想你應該一一看穿了吧？沒錯，我在那封信的字裡行間，用盡了狡詐的智慧。到頭來，你可能認爲那封信的意圖不過是在向你哭窮、希望你援助我的生活吧！我無法否認，但如果我只是爲了尋求金援，恕我失禮，我是不會刻意選擇你的。我想，應該還有許多有錢老頭願意疼愛我。就在前不久，我才談過一樁奇妙的婚事。你也許知曉那個人的大名；他是一位六十多歲的單身老人，聽說是藝術院的會員之類的。那位大師爲了娶我，竟千里迢迢來到這座山莊。大師原本住在我們西片町老家附近，和我們隸屬同一個鄰組⑤，偶爾會在街坊上碰見彼此。有一次，我記得是某個秋天傍晚，我和母親兩人搭車經過那位大師家門前，當時他獨自茫然站在門邊。母親透過車窗對大師點頭致意，大師嚴肅而鐵青的臉孔，頓時變得

③ Anton Pavlovich Chekhov（一八六〇～一九〇四）。俄國小說家、劇作家。作品反映出世紀末沉滯凝重的氣氛，多以受大環境消磨的小市民及知識分子為主角。作品多為短篇。也有許多優秀的戲曲。作品有小說《六號病房》、《決鬥》，及戲曲《萬尼亞舅舅》、《三姊妹》、《櫻桃園》等。

④ David Herbert Lawrence（一八八五～一九三〇）。英國小說家。批判因現代文明而扭曲的人性，其作品對情感和性愛的描寫相當露骨。作品有《兒子與情人》、《查泰萊夫人的情人》等。

⑤ 二次世界大戰時，由官方主導的地方基層組織，方便統合管理。幾戶人家編為一組，統一配給糧食及生活物資等。一九四〇年制定，一九四七年基於麥克阿瑟提出的改革指令廢止。

比秋天的紅葉還要紅。

「他陷入愛河了嗎？」我興奮地說，「媽媽，他一定是喜歡妳吧！」

但是，母親如自言自語般平靜地說：

「不。他是一位了不起的人。」

尊敬藝術家，似乎是我們家的家風。

那位大師幾年前喪妻成了鰥夫，他透過一位與和田舅舅同樣熟知能樂謠曲的皇族人士，向我母親提親。母親要我按照自己的想法直接寫信回覆那位大師就好。我並未多想，只覺得厭惡，因此很快下筆寫好一封信，直截了當地告訴他：我現在並沒有結婚的打算。

「拒絕他也無妨嗎？」

「當然。……我也覺得太勉強了。」

當時大師人在輕井澤的別墅，因此我將回絕那門親事的信寄去那座別墅。沒想到第二天大師和那封信擦身而過，親自造訪山莊。他說有事要去伊豆溫泉，順道來訪。而我的回覆他一概不知，就這樣出其不意地跑來了。看來所謂的藝術家，無論到了幾歲，依舊像小孩子一樣隨心所欲呢！

因爲母親身體不適，只好由我出面接待他。我領著他到中式客廳，給他端上一杯茶，告訴他：

「我想，那封回絕的信現在應該已經抵達輕井澤了。我是經過深思熟慮才寫下那封信的。」

「是嗎？」他慌忙地說著，邊擦去汗水，「但是，請妳再仔細考慮一次。我不知道該怎麼說，即使我無法在精神上給妳帶來幸福，但在物質上不管多少，我都能滿足妳。我可以開誠布公地告訴妳，只有這點，我可以拍胸脯保證！」

「我不清楚你所謂的幸福所指爲何。你可能會覺得我接下來說的話不知天高地厚，但還請你見諒。契訶夫在他寫給妻子的信中寫道：『爲我生兒育女！生下我們的孩子！』而尼采[6]的某篇散文中，也有『讓人想要她爲自己生孩子的女人』這樣的描述。我想要孩子。什麼幸福不幸福，根本無關緊要。我當然也想要錢，但是只

---

[6] Friedrich Wilhelm Nietzsche（一八四四～一九〇〇）。德國哲學家。作品有《查拉圖斯特拉如是說》等。

要有足以撫養孩子長大的錢，就足夠了。」

大師笑得很詭異，他說：

「妳眞是一個難得一見的人。妳不管對誰都能坦誠說出眞正的想法。和妳這樣的人在一起，說不定會爲我的工作帶來新的靈感。」

他這番話與他的年齡不相稱，略顯裝模作樣。如果靠我的力量眞能令如此偉大的藝術家返老還童、在工作上恢復活力，無疑是非常有意義的一件事。只不過，我怎麼也無法想像自己和那位大師享受魚水之歡的模樣。

「我對你沒有任何愛意也無妨嗎？」

我微笑詢問他，而大師則一本正經地回答：

「女人啊，那樣就好。女人不用想太多，只要糊糊塗塗地過日子就好了。」

「不過，像我這樣的女人，沒有愛情是不會考慮婚姻的。因爲我已經夠成熟了。我明年就三十了！」

說完這句話，我忍不住想捂住嘴。

三十歲。對於女人而言，直到二十九歲爲止，身上仍保有少女的氣息。但是，三十歲的女人身上，再也嗅不到一絲少女的氣息——我驀然想起從前讀過的法國小說中寫著這段話，頓時感到無法排遣的寂寞湧上心頭。我看著外頭，沐浴在正午豔陽下的大海，如同碎玻璃般閃爍著刺眼的光芒。我讀那本小說時，不加思索便認同了這個說法，認為上頭寫的理所當然。而現在反倒懷念起能夠不以為意地認為女人人生到了三十就算宣告終結的那段時光。隨著手鐲、項鏈、禮服、和服腰帶等一個接一個從我身上消失，我身上的少女氣息一定也逐漸變得稀薄了。窮苦的中年婦女。噢噢，不！不過，即使是中年婦女的生活，還是可以活得像個女人吧？這陣子，我才逐漸明白了這個道理。我還記得當年英國的女老師回國時，曾經告訴過十九歲的我這番話：

「妳千萬不能談戀愛。妳一旦戀愛了，就會陷入不幸。等妳更大一些再談戀愛吧！等三十歲以後再說吧！」

但是，即使聽了她這些話，我仍舊感到茫然。當時的我，根本無法想像三十歲以後的事情。

「我聽說妳們要賣掉這座別墅，是嗎？」

大師露出一副不懷好意的表情，冷不防地說道。

我笑了出來。

「對不起，我想起了《櫻桃園》⑦這齣戲。你打算買下這裡嗎？」

大師似乎敏感地覺察到我言下之意，他生氣地板起臉，不發一語。

事實上，的確有一位皇族打算以新制日幣五十萬圓買下這棟房子作爲新居，但後來不了了之。看來大師聽到這個傳聞了。不過，他似乎無法忍受我們將他視爲《櫻桃園》的羅巴金，心情變得非常惡劣，後來隨便聊了幾句就回去了。

我可以清楚明瞭地告訴你，我現在希望你做的，不是扮演羅巴金的角色。只是希望你能接受一個自己送上門的中年婦女。

我第一次見到你，已經是六年前的事了。當時我對你一無所知。只知道你是舍弟的老師，而且是個素行不良的老師罷了。後來，我們一起舉杯飲酒，你對我做了一點惡作劇，對吧？但是，我並不介意。只是莫名覺得輕鬆多了。我並不喜歡你，也不討厭你，我對你沒有任何感覺。後來，我爲了討弟弟歡心，向他借了你的書來閱讀，你寫的書有些有趣、有些無趣。我並不是一個熱愛閱讀的讀者，但是六年來，不知不覺中，你的一切竟像白霧一樣滲入我的胸懷。那天晚上，我突然生動鮮明地想起我們在地下室樓梯上所做的事。我不禁認爲那是足以左右我命運的重大事件。我愛慕著你，一想到這種情感或許就是戀愛，我就不知所措，一個人啜泣了起來。你和其他男人完全不同。我並不像《海鷗》⑧裡的尼娜，愛上了一位作家。我心中對小說家並沒有任何憧憬。如果你認爲我是文學少女，我恐怕也不知如何是好。因爲我想要的是你的孩子。

很久以前，你還單身、而我也還沒嫁到山木家的時候，如果我遇見了你並結爲連理，或許我就用不著像現在過得這麼痛苦了。我知道我不能和你結婚，我也死心了。推開尊夫人逼她離開，是一種卑鄙可恥的暴力，我不願意那麼做。即便是做你的小妾（我實在不想說出這兩個字，但是，即使稱之爲情婦又如何，說白一點就是小妾，所以我決定講清楚些）也無妨。但是，一般的小妾，日子似乎都不好過。我

⑦契訶夫的四幕喜劇（一九〇四年作）。描寫家道中落的地主，將自宅「櫻桃園」賣給崛起成為商人的昔日農奴羅巴金後離開故鄉。相傳太宰治創作《斜陽》的靈感就是來自於《櫻桃園》。

⑧契訶夫的四幕喜劇（一八九六年作）。尼娜是有錢地主的女兒，因為愛上知名作家特利戈林而導致不幸。海鷗是幸福自由化身的尼娜的暱稱。

聽人家說，小妾一旦失去了用處，就會被拋棄。不論什麼樣的男人，年近六十之後，都會回到元配身邊。我也曾聽西片町的老爺子對我奶媽說過，千萬別當人家的小老婆。不過，我認爲那是世上一般的小妾，我們的情況有點不同。我認爲對你而言，最重要的還是你的工作。如果你喜歡我，我們和睦融洽，也有益於你的工作。這麼一來，尊夫人也會接受我們的關係。雖然我這話聽起來很像強詞奪理，但我認爲我的想法一點也沒錯。

問題只剩你的答覆。你喜歡我？討厭我？還是對我沒有任何感覺？你的回答令我非常害怕，但我仍必須問個清楚。我上次在信中寫了我是送上門的情婦，這次又在信裡寫了送上門的中年婦女；但是現在仔細想想，若是你沒有給我任何回答，我即使再想親自送上門也束手無策，只能獨自悵然消瘦吧！你果然還是該回我一些話呀！

我剛才突然想起你在小說裡寫了不少戀愛中冒險犯難的故事，世人都流傳你是個離經叛道的不肖之徒，但我認爲你其實熟知世間的常識和規矩。我不懂什麼常識，我認爲只要能從事自己喜歡的事，就是美好的生活。我希望生下你的孩子。無論發生什麼事，我都不願意爲其他人生兒育女。所以，我才寫信跟你商量。如果你懂我的想法，請你回信。清楚明白地告訴我你的心意。

雨停風起。現在是下午三點。我現在要去領取配給的一級酒（六合）。我將兩支蘭姆酒瓶裝進袋子裡，把這封信放入胸前的口袋，再過十分鐘，我就要出發前往下面的村莊了。這些酒我不讓弟弟喝。我要留給我自己喝。每晚喝上一杯。酒這種東西，眞的就該倒在杯子裡喝呢！

你要不要來我這裡呢？

今天又下了雨。雨絲細如煙霧，肉眼看不清楚。我每天都待在家中等待你的回音，只不過直到今天仍然沒有你的消息。你到底在想些什麼？難道是我在上封信提及那位大師的事，令你不快？你或許認爲我寫下那樁親事是想刺激你的競爭心理吧？但那樁親事早就不了了之。我剛才與母親聊到那件事還笑了一下。母親先前說她舌尖疼痛，在直治的勸說下進行美學療法，治好了舌頭的疼痛，這陣子精神好多了。

剛才我站在外廊上，眺望著在強風下翻騰捲動的霧雨，試著設想你的心情。

「牛奶熱好了，妳快過來！」母親在餐廳裡呼喚我，「今天天氣冷，我煮得比較燙一點。」

我們坐在餐廳裡一邊飲用冒著蒸氣的熱牛奶，一邊聊起先前那位大師的事。

「那位大師和我，怎麼看都不適合吧？」

「是不適合。」母親平靜地回答。

「我這麼任性，又不討厭所謂的藝術家，再者，他收入似乎不錯；我想如果跟他結婚，應該會滿不錯的。不過，我還是沒辦法。」

母親笑了。

「和子妳眞要不得！明明無法接受人家，上次卻又跟他聊得那麼起勁。我眞不懂妳心裡在想什麼！」

「哎呀，因爲他眞的很有趣呀！我很想再跟他多聊聊呢。因爲我沒有什麼特別的專長嘛。」

「不，妳很會黏著人撒嬌。和子妳很會黏著人撒嬌呀！」

母親今天狀況很好。

接著，她看著我今天第一次高高梳起的頭髮。

「頭髮稀疏的人才適合把頭髮梳高。妳盤起頭髮看起來髮量太多了，看得我眞想在妳頭上擺上一頂小金冠。妳搞砸了。」

「人家覺得好失望喔！媽媽您不是曾經說過我的脖子白皙動人，還叫我盡量別遮住脖子嗎？」

「妳就只記得那種事。」

「凡是有人稱讚我，我一輩子都不會忘記的。因爲記住那些讚美，想起來就開心呀！」

「上次那位大師也稱讚過妳吧？」

「對呀。所以我才會跟他變得那麼親暱嘛。他說和我在一起，就會忍不住湧出靈感。我並不討厭藝術家，但是像他那種裝腔作勢擺出一副自以爲高尚的態度，我實在無法接受。」

「直治的老師，是個怎麼樣的人呢？」

我突然覺得背脊一涼。

「我也不太清楚。不過畢竟是直治的老師，不會是什麼好人。聽說他是個聲名狼藉的敗類呢！」

「聲名狼藉？」母親露出開心的眼神，口中呢喃著，「妳的說法眞有趣。聲名狼藉的人反而更安全，不是嗎？就像脖子上掛著鈴鐺的小貓一樣討人喜愛。深藏不露的敗類反倒更可怕呢！」

「是嗎？」

我很開心，開心得覺得自己彷彿化爲一縷輕煙，被吸入天空。我爲何會如此開心？這種感覺，你懂嗎？你要是不懂……我可要揍你喔！

說眞的，你要不要來我這裡玩呢？如果我叫直治帶你過來，感覺不太自然，而且也很奇怪，所以希望你以趁著酒興順道來訪的形式前來，再由直治帶你過來。不過，我希望你盡量獨自前來，最好是趁著直治去東京出差不在家的時候上門。因爲若是直治在，他必定會纏著你，帶你一起到阿咲那兒喝燒酒，一去不回。我家歷代祖先似乎都很喜歡藝術家。過去曾經有一位名叫光琳[9]的畫家長久居住在我們京都的老家，在紙拉門上留下美麗的畫作。所以，母親一定也會歡迎你的來訪。到時候，我們應該會安排你住在二樓的西式房間。別忘了關燈。我會單手拿著小小的蠟燭，爬上昏暗的樓梯去找你。那樣不行嗎？好像太心急了。

我喜歡敗類，更喜歡聲名狼藉的敗類。我也想變成一個聲名狼藉的敗類。我覺得除此之外，我沒有其他的生存之道。你是日本最惡名昭彰的敗類吧？我最近又聽弟弟提起，許多人罵你骯髒下流，深惡痛絕地攻擊你，這使我更加喜歡你了。我想，像你這樣的人，一定有許多amie[10]吧？但是，你會漸漸喜歡上我的。不知爲何，我就是這麼覺得。然後，你和我一起生活，一定可以每天快快樂樂地工作。從小就經常有人對我說：「和妳在一起就忘了辛勞。」我活到現在，從不曾有人討厭過

[9] 萬治元年—享保元年（一六五八～一七一六）。京都人。元祿時代（江戶中期）的畫家。師承本阿彌光悅、俵屋宗達等人，充滿設計性的裝飾畫風，善用色彩、金銀等特殊技巧。亦是知名的蒔繪師，為光琳派始祖。

[10] amie（法語）女性朋友。從普通朋友到接近情婦紅粉知己都涵蓋在內，當時經常使用這個字。

我。大家都稱讚我是個好孩子。所以，你一定也不會討厭我才對。

只要見了面就好。我現在不需要你的回信了。我很想你。去你東京的府上造訪，或許是最容易見到你的辦法，但是家母等同於半個病人，我是她的護士兼女傭，必須寸步不離地照顧她，所以無法那麼做。我拜託你，請你過來找我吧！我想見你一眼。只要見了面，一切就能撥雲見日了。請來看看我嘴角兩側淡淡的皺紋吧！請看看我這充滿世紀悲傷的皺紋。比起我所說的任何一句話，我的容貌更能一清二楚地告訴你我心中的思念。

我第一次寄給你的信上提及胸中升起一道彩虹，然而那道彩虹並不如螢火蟲的光芒或星光般高雅美麗。如果我對你的愛戀是那麼朦朧而遙遠，我應該就能漸漸遺忘你，不至於如此痛苦吧！我心中的彩虹是一道火焰橋樑，是幾乎燒焦胸口的思念。即便染上毒癮的人，毒品用完時求而不得的心情，也不及我如此痛苦吧！我認爲我做得沒錯、我行得正坐得直，但有時會突然懷疑自己是否做了一件愚蠢至極的傻事，不由得膽顫心寒。我時常在反省自己是不是瘋了。但是，我也有冷靜計劃的時候。我眞心希望你來一趟。隨時過來都無妨。我哪裡也不去，我會一直等候著你。請相信我。

如果你不肯接受我，等我們再次見面時，你可以明白告訴我。我心中的火焰是你點燃的，所以請你熄滅它吧！光憑我一個人的力量，實在撲滅不了這場大火。總之見個面吧，等見了面，我就能得救了。若是在《萬葉集》[11]或《源氏物語》[12]那個時代，我的要求根本不足掛齒。我的心願是成為你的愛妾、你孩子的母親。

若有人嘲笑這封信，那個人等於在嘲笑女人為了活下去所做的努力、嘲笑女人的生命。我受不了港灣內令人窒息的沉悶空氣，即使港外有狂風暴雨，我也想揚帆啓程。停滯不動的船帆都很骯髒，無一例外。嘲笑我的人們必定都是停滯不動的船帆，最後都將一事無成。

麻煩的女人。但是，在這問題上最痛苦的仍舊是我。對這個問題不痛不癢的旁觀者，邋遢地放下醜陋的船帆休息，竟還大言不慚地批判這個問題，簡直毫無道理

[11] 日本現存最古老的歌集，共二十卷。編者不明，約完成於八世紀末期。收錄和歌約四千五百首。
[12] 作者紫式部，約完成於十一世紀初期。描寫當時宮廷與貴族的生活。當時的貴族女性會將心境撰寫成和歌，藉此向心上人表達愛意，或回應追求者。

可言。我不想聽他們不負責任地對我述說什麼思想。我沒有思想。我一次也不曾基於什麼思想或哲學而採取過行動。

我知道那些受世人讚許、尊敬的人們都是騙子，都是冒牌貨。我不相信這個社會。只有聲名狼藉的敗類，才是我的盟友。即使背負著「聲名狼藉的敗類」這個惡名，被釘上十字架上死去也無妨。就算受到千夫所指，我也能回他們一句：「你們這些深藏不露的敗類才更危險！」

你懂我在說什麼嗎？

愛情不需要理由。我太強詞奪理了。我只是模仿弟弟的口氣罷了。我等候著你的到來。我想再見你一面。僅止如此。

等待。啊啊，人類的生活中有喜悅、憤怒、哀傷、憎恨等各種情感，但那些不過只佔人類生活的百分之一，其餘的百分之九十九都耗在等待，不是嗎？心急如焚地等待走廊上響起幸福的腳步聲，卻落得一場空。啊啊，人類的生活眞是可悲啊！悲慘的現實令人不禁後悔不如別出生才好。每天從早到晚，虛無地期待著什麼，未免太過悲哀！我眞想欣然接受生命、人類和社會，慶幸自己出生於世。

太宰治

斜陽

你能否推開在道路上阻礙你前進的道德呢？

給M・C（這不是My Chekhof的縮寫。我不愛慕作家。這是My Child）

我堅信人類是為了戀愛和革命而出生的。

人間は恋と革命のために生まれてきたのだ。

五

我今年夏天寫了三封信給一個男人，但都未收到回信。我怎麼想都覺得除了投靠他外別無他法，於是在三封信裡寫下了我真正的心意，並懷著從懸崖跳下怒濤的決心把信寄了出去。但是，等了又等仍然不見他回信。我旁敲側擊地向弟弟直治打聽他的消息，知道他仍一如往常每天晚上四處飲酒作樂，淨寫一些離經叛道的作品，世人都對他輕視不齒及憎恨。他建議直治從事出版業，直治也躍躍欲試。除了他之外，還請了兩、三位作家擔任顧問，甚至有人願意資助他們。聽了直治的話，我才知道我愛上的那個人身邊，似乎嗅不到絲毫關於我的氣息。比起羞愧，我更覺得這個世界和我心目中的世界截然不同，簡直就像另一種奇妙的生物一樣。彷彿只有我獨自被拋棄在叫天天不應、叫地地不靈的黃昏秋日曠野之中，一種前所未有的淒愴湧上心頭。這就是所謂的失戀嗎？一想到我只能漠然佇立在曠野中，等待日暮西山後凍死在夜露裡，我不禁欲哭無淚地失聲哀號，雙肩和胸口劇烈起伏，無法喘息。

既然事已至此，我只能親自前往東京見上原先生一面了。船已揚帆出港，不能停滯不前，只好能走多遠就走多遠。我暗自在心中準備啟程前往東京，就在這個時候，母親的病情變得每況愈下。

某天夜裡，母親咳得非常嚴重，我幫她量了體溫，竟高達三十九度。

「一定是今天太冷的關係。明天就會好了。」

母親邊咳個不停，邊輕聲說道。但是，我覺得那不像單純的咳嗽，決定明天一定要請下方村落的醫生來一趟。

翌日清晨，母親體溫降到三十七度，也不再咳嗽了。但是，我還是跑到村落裡找醫生，告訴他母親最近身子突然變得很虛弱，昨夜發燒，咳嗽聽起來也不像一般的感冒，請他務必到我家為母親看診。

醫生答應我待會兒就過去，接著從候診室角落的櫥櫃取出三個梨子給我，說是別人送的。正午過後，他穿著白絣和服[1]搭配夏季和服外套來看病。一如往常地花了很

[1] 白底、上頭有黑藍色細碎花紋的和服。

長的時間仔細聽診，並輕敲母親胸背檢查身體，接著轉過頭來對我說：

「不用擔心。吃了藥就會好的。」

我莫名覺得好笑，只好強忍笑意，問他：

「可以幫她打一針嗎？」

他認真地回答我：

「沒有那個必要。她只是感冒，好好靜養一段期間，很就會痊癒了。」

但是，過了一個星期，母親還是沒有退燒。咳嗽雖然停了，但體溫早上約三十七度七，到了傍晚竟上升到三十九度。醫生從過來看診之後的隔天起因為腹痛休診，我過去拿藥，告訴護士母親的病情並不樂觀，請她轉告醫生。可是醫生依舊告訴我那只是普通感冒，用不著擔心，然後給了我一些藥水和藥粉。

直治還在東京出差，已經十多天沒有回家。我一個人不知如何是好，便寄了一張明信片給和田舅舅，通知他母親病情有異。

母親開始發燒後的第十天，村落醫生的腹疾終於也好轉了，他前來看診。

醫生表情小心謹慎地邊輕敲母親的胸部邊高喊：

「我知道了！我知道了！」

接著，他正對著我的臉說：

「我知道發燒的原因是什麼了。左肺發生了浸潤②。但是，妳不用擔心。她雖然還會再燒一陣子，但只要好好靜養，就不用擔心。」

真的嗎？我雖然感到疑惑，但也冒出一種溺水者想抓住救命稻草的心情，村落醫生的診斷，讓我稍微鬆了一口氣。

醫生回去之後，我對母親說：

「太好了，媽媽。醫生說只是輕微的浸潤，大部分的人也會出現相同症狀。只要樂觀面對，病情自然會好轉。都是今年夏天氣候不順引起的。我討厭夏天！和子我也不喜歡夏天的花。」

母親閉眼輕笑，回答我：

「人家說，喜歡夏季花卉的人會死於夏天；我原以為我今年夏天就會死的，因為

② 指肺浸潤，一般指肺部因結核菌引起發炎的變化。

直治回來了，所以我才活到了秋天。」

即便頹廢如直治，仍能成為母親活下去的心靈支柱，一想到此，我就覺得痛心。

「照您那麼說，夏天已經過了，所以媽媽也過了危險期了呢！媽媽，院子裡的萩草開花了。還有黃花龍芽草、地榆、桔梗、黃背草和芒草。院子已完全變成秋天的景致了。等到了十月，您一定會退燒的。」

我如此祈禱。希望九月悶熱的酷暑，也就是所謂秋老虎快點過去。等到菊花綻放，連日都是風和日麗的好天氣，母親也會退燒、恢復健康，我就能去見那個人了。我的計畫或許就能如同大朵菊花盛開一樣開花結果了。啊啊，真希望快點進入十月，讓母親退燒該有多好！

我寄出明信片給和田舅舅後過了一週，舅舅帶了以前曾在宮中擔任過御醫的老醫生三宅先生和護士從東京過來為母親看診。

老醫生和我們過世的父親有交情，因此母親非常高興。加上老醫生從以前行為就粗鄙無禮，說話也很粗俗不雅，這點又很討母親喜歡。當天，他們倆沒把看診的事放在心上，只顧著談天說地、閒話家常。我進廚房準備好布丁，端進和室時，看診似乎已經結束，老醫生將聽診器像項鍊一樣隨手掛在肩上，坐在和室走廊的藤椅上。

「我啊，也會在小攤上站著吃麵。沒有什麼好不好吃的問題。」

他們悠哉地閒話家常。母親不經意地望著天花板，聽著老醫生的話。她看起來好像沒有什麼大礙了，我鬆了一口氣。

「請問家母情況如何？這村落的醫生說她左胸有浸潤呢？」

我突然精神一振詢問三宅醫生，老醫生若無其事地輕聲說：

「沒事，不用擔心！」

「哎呀，太好了，媽媽！」

我發自內心露出微笑，對母親說：

「醫生說您沒事了！」

此時，三宅醫生從藤椅上站起來，朝中式客廳走了過去。他看起來似乎找我有事，我便悄悄跟了過去。

老醫生走到中式客廳的牆壁掛架下方，停下腳步說：

「我聽到了劈里啪啦的聲音。」

「不是浸潤嗎？」

「不是。」

「是支氣管炎嗎？」

我含淚問他。

「不是。」

肺結核！我不願意這麼想。如果是肺炎、浸潤或支氣管炎，我一定會竭盡一己之力治好母親。但是如果是肺結核，啊啊，或許就沒救了。我感到雙腿癱軟。

「你說聽到劈里啪啦的聲音，那聲音很糟嗎？」

我六神無主地啜泣起來。

「左右都有。」

「可是，媽媽的精神很不錯啊！她吃飯也吃得津津有味……」

「我也束手無策了。」

「你騙人！沒那回事吧？只要多吃點牛油、雞蛋和牛奶就會好的，對吧？只要增加身體抵抗力，她就會退燒吧？」

「嗯，不管什麼都多吃點。」

「是吧？沒錯吧？她每天都吃五顆番茄喔！」

「嗯，番茄很好。」

「那她沒問題吧？她會痊癒吧？」

「不過，這次的病或許會致命。妳要做好心理準備。」

這個世上有許多光憑人的力量也無可奈何的事情，我有生以來第一次得知眼前這堵名為絕望的高牆存在。

「她還有兩年？三年？」

我渾身顫抖，小聲詢問醫生。

「我也不確定。總之，已經無藥可救了。」

接著，三宅先生說他當天已經在伊豆的長岡溫泉預約好了住宿，便帶著護士一起離開了。我目送他們走出門外，然後轉身奔回客廳，坐在母親枕邊，若無其事地對著她笑。母親問我：

「醫生怎麼說？」

「他說只要退燒就沒事了。」

「胸部呢？」

「不是什麼大問題。一定就跟您之前生病時一樣。等天氣變涼爽，您很快就會好起來的。」

我決定相信自己撒的謊，希望謊言成真。我決定忘掉「致命」之類的可怕詞彙。對我而言，母親過世意味著我的肉體也將隨之消失。我無法想像這樣的事實。我決定從今以後忘掉一切，多為母親準備一些豐盛的菜餚，魚、湯、罐頭、豬肝、肉湯、番茄、雞蛋、牛奶和清湯。要是有豆腐就好了。豆腐味噌湯、白米飯、年糕。我決定賣了我所有的東西，只要是好吃的東西，全讓母親嚐嚐。

我起身走向中式客廳。將中式客廳裡的躺椅移向和室外廊附近，找個看得到母親臉孔的位置坐下。躺在床上休息的母親臉色一點也不像病人。眼睛美麗清澈，臉色也紅潤有朝氣。她每天早晨按時起床到盥洗室，在一坪半的浴室內自行梳理頭髮，整理好服裝儀容後，再回到床上坐在被窩裡吃飯。然後在床鋪裡時醒時睡，上午閱讀書報，只有下午才會發燒。

「啊啊，媽媽身子很硬朗。一定沒問題的！」

我在心中強烈否決了三宅醫生的診斷。

我心懷期望，期盼等到了十月菊花盛開的時期，母親就會痊癒了；我想著想著，不禁昏昏沉沉地打起瞌睡。我在現實中分明一次也沒看過的風景，卻經常在夢中看見那片景色。我又來到熟悉的林中湖畔。我和一位身穿和服的青年靜悄悄地並肩走著。那片景色感覺整體上籠罩著綠色霧靄。一座搖搖欲墜的白色橋樑沉入湖底。

「啊，橋沉了。今天哪裡也去不了。就在這間旅館休息吧！應該會有空房間的。」

湖畔有座石造旅館。綠色霧靄沾濕了旅館的石牆。石門上方以細細的金色字體刻了「HOTEL SWITZERLAND」。我才唸到SWI時，驀然想起母親。我不禁疑惑母親正在做什麼呢？她也在這間旅館嗎？於是，我和青年一起鑽過石門，走進前庭。霧靄迷濛的院子裡，類似繡球花的大紅花如燃燒的火焰般怒放。我想起兒時看見棉被上散落著鮮紅繡球花的圖案，莫名感到悲傷；現在才知道原來真有這種鮮紅的繡球花。

「妳不冷嗎？」

「嗯，有點。霧氣沾濕了耳朵，耳朵後方有點冷。」

語畢我笑著問：

「不知道媽媽怎麼了呢？」

青年露出悲痛卻慈愛憐憫的微笑回答：

「她躺在墳墓底下。」

「啊！」

我輕聲一呼。我這才想起來，母親已經不在人世。母親的葬禮不是早就辦過了嗎？啊啊，當我意識到母親已經過世時，一股難以言喻的寂寥使我全身顫抖，我醒了過來。

陽臺上已是黃昏。外頭下著雨。綠色的寂寥就如夢境中一樣飄盪在四周。

「媽媽！」我高呼一聲。

「妳在做什麼？」傳來一道平靜的聲音。

我開心地跳了起來，走向和室。

「我剛才睡著了。」

「這樣啊。我才好奇妳在做什麼，原來是在午覺呀！妳睡得可真久。」

母親莞爾一笑。

我看見母親能如此優雅地活著，內心感激涕零，不禁開心得泛淚。

「您晚飯想吃什麼？有沒有特別想吃的東西呢？」

我語氣略顯興奮地詢問。

「不用。我什麼也不想吃。今天體溫燒到三十九度半了。」

我頓時頹然洩氣。無助茫然地環視昏暗的房間，突然有了想死的念頭。

「怎麼了？怎麼會燒到三十九度半呢？」

「沒什麼。只是發燒之前有點不舒服。頭有點痛，全身發冷，然後就發燒了。」

外頭暮色低垂，雨似乎停了，但颳起了風。我打開電燈正準備走向餐廳，母親說：

「燈光刺眼，不要開燈。」

「您也不喜歡一直躺在昏暗的地方吧？」我佇立原地詢問。

「反正閉著眼睛睡覺，開燈關燈都一樣。我一點也不寂寞。反倒是燈光太刺眼，我才不喜歡。以後就別開和室的燈了。」母親說。

母親的話令我覺得不祥，我默默關掉客廳電燈，走到隔壁房間打開檯燈，忍不住心中的淒涼落寞，我連忙走向餐廳，將鮭魚罐頭放在冷飯上吃下肚，眼淚不停滑落。

夜裡風越颳越大，到了九點左右，強風夾雜著雨水，變成了名副其實的暴風雨。兩、三天前高掛捲起的外廊竹簾，不停拍打作響。我懷著莫名興奮的心情，在和室隔壁的房間閱讀羅莎．盧森堡[3]的《經濟學入門》。這是我前陣子從二樓的直治房間裡拿來的，當時，我連同這本書一起擅自借來的還有《列寧選集》[4]以及考茨基[5]的《社會革命》。我將這些書放在和室隔壁房間的書桌上，母親早晨洗臉回來經過我書桌旁邊，目光不經意停留在這三本書上。她一一翻閱，然後輕輕嘆了口氣，輕輕擺回桌上，以落寞的神情看了看我。雖然她眼中充滿了深切的悲痛，但絕非抗拒和厭惡。母親看的是雨果[6]、大小仲馬父子[7]、繆塞[8]和都德[9]等人的書，我知道那些甜美的故事中同樣蘊含著革命的氣息。像母親這樣深具天生涵養——這麼說有點奇怪——的人，或許也能理所當然地歡迎革命，並不令人意外。我閱讀盧森堡的書，雖然有點裝模作樣，但我仍舊從中得到了屬於自己的樂趣。書裡所寫的是經濟學，但將它當成經濟學來讀就太無聊了。上頭寫的全是顯而易見且眾所皆知的道理。不，或許是我根本無法理解何謂經濟學。總之，我一點也不覺得有趣。人類都是吝嗇的，經濟學這門學問如果缺乏「人類永遠都是吝嗇的」這個前提，就完全不能成立。不吝嗇的人對於分配之類的問題根本不感興趣。即使如此，我仍舊從這本書的其他部分，感受到莫名的興奮。那就是此書的作者奮不顧身且毫不猶豫地徹底破除舊有思想的勇氣。我腦海中

③ Rosa Luxemburg（一八七一～一九一九）。出生於波蘭的德國女性社會主義者、經濟學家。為社會民主黨左翼激進派，於第一次世界大戰後創立德國共產黨，積極從事革命運動，後來慘遭逮捕虐殺。主要著作有《資本積累論》。

④ Nikolai Lenin（一八七〇～一九二四）。蘇聯的建設者。深受馬克思主義影響，組織工人階級解放鬥爭協會，曾遭流放至西伯利亞三年，後逃亡至瑞士，發行《火星報》。一九一七年二月革命時歸國指揮工人組織，後來領導發動十月革命成立蘇維埃政府，建設新俄羅斯。主要著作有《國家與革命》、《帝國主義論》、《俄國資本主義的發展》等。

⑤ Karl Kautsky（一八五四～一九三八）。德國社會主義者、經濟學家。〈愛爾福特綱領〉的起草人。恩格斯逝世後，引領德國社會民主黨及第二國際的領導人之一。力排無產階級專政，晚年轉向議會主義。知名著作有《資本論解說》。

⑥ Victor Hugo（一八〇二～一八八五）。法國詩人、小說家、劇作家。一八三〇年發表戲劇《艾那尼》，晉升浪漫派巨擘。另著有詩集《歷代傳說》及小說《悲慘世界》等。

⑦ 指父親大仲馬 Alexandre Dumas Père（一八〇二～一八七〇），及兒子小仲馬 Alexandre Dumas fils（一八二四～一八九五）。父子皆為法國小說家、劇作家。大仲馬著有《三劍客》、《基督山恩仇記》，小仲馬則以《茶花女》而聞名。

⑧ Alfred de Musset（一八一〇～一八五七）。法國詩人、小說家、劇作家。法國浪漫派之一。著有小說《一個世紀兒的懺悔》及戲曲《愛情不可兒戲》等。與法國女作家喬治・桑的戀情相當知名。

⑨ Alphonse Daudet（一八四〇～一八九七）。法國小說家、劇作家。自然主義作家，作品充滿幽默及對人性的溫暖共鳴，著有小說《磨坊書簡》、《沙弗（SAPHO）》，以及戲曲《阿萊城姑娘》等。

甚至浮現一位已婚女子，即使違背道德，仍義無反顧地奔向心上人的身影。破壞思想。破壞是一種既哀愁悲傷又美麗動人的行為。夢想著破壞、重建與完成。一旦破壞之後，或許永遠不會有完成的一天，但即使如此，傾慕愛情就必須破壞、必須發動革命。羅莎・盧森堡堅韌不拔地悲戀著馬克思主義。

那是十二年前的冬天。

「妳就是像《更級日記》裡的少女⑩。不管人家跟妳說什麼都沒用。」

朋友說完這句話，便離我而去。因為當時我向那個朋友借了列寧的書，沒有讀就還給她了。

「看完了嗎？」

「對不起，我沒看。」

我們在一座可以遠眺尼古拉堂⑪的橋上。

「為什麼？妳為什麼不看？」

那位朋友個子比我高約一寸，擅長外語，很適合戴上紅色貝雷帽，大家都說她臉蛋長得像蒙娜麗莎，是個美人。

「因為我不喜歡封面的顏色。」

「妳很奇怪耶。不是因為封面的關係吧？其實是因為妳害怕我吧？」

「我不怕妳。我只是受不了封面的顏色。」

「是嗎？」

她落寞地回答，接著說我是《更級日記》的少女，認定我怎麼說都沒用。

我們沉默了一會兒，低頭看著冬天的河面。

「妳多保重。如果今日一別永不相見，祝福妳永遠平安。拜倫⑫。」

語畢，她以原文迅速朗誦完拜倫的詩句，輕輕抱住我。

我難為情地說了一聲：

---

⑩由平安時代女性作家撰寫的日記。作者為菅原孝標之女。自寬仁四年（一〇二〇）九月，從十三歲時由父親任職地上總國出發返京時起筆，一直寫到康平二年（一〇五九）五十二歲時為止的回憶錄。少女則是指喜歡虛構故事又性喜幻想的作者本人。

⑪俄國傳教士尼古拉（原名：伊凡・卡薩德金）於明治二十四年（一八九一），在東京都千代田區神田駿河臺舊火消屋敷遺跡建立啟用的日本正教會中央總部。

⑫拜倫勳爵 George Gordon Byron（一七八八～一八二四）。英國浪漫主義的代表性詩人。長詩《恰爾德・哈羅爾德遊記》一鳴驚人，其後陸續發表了劇作詩歌《曼弗雷特》、敘事詩《唐璜》等。投筆從戎參與希臘獨立戰爭，病死軍中。

「對不起。」

低聲對她道歉後往御茶水車站走去。我回頭一看，發現那個朋友仍站在橋上不動，凝視著我。

那之後，我再也沒見過那個朋友。雖然我們去同一位外國教師家中補習，但我們就讀不同學校。

過了十二年，我仍未從《更級日記》向前邁進一步。這些年頭，我究竟做了些什麼？我從不曾嚮往革命，甚至連戀愛也不懂。一直以來，那些大人總教導我們：革命和戀愛是最愚蠢且可憎不祥的東西。戰爭前和戰爭時，我們一直信以為真；但是，戰敗後，我們不再相信大人了。我們認為與他們口中的真理背道而馳，才能找得到真正的生存之道。革命和戀愛，其實是這世上最美好且最甜美的事物。因為它們實在過於美好了，所以大人才會不懷好意地欺騙我們，說那是酸葡萄吧！我堅信人類是為了戀愛和革命而出生的。

母親輕輕拉開紙門，笑著探出頭來說：

「妳還沒睡，不睏嗎？」

我看了看書桌上的時鐘，已經十二點了。

「嗯，一點也不睏。我讀了社會主義的書，心情有點亢奮。」

「這樣啊。有酒嗎？這種時候喝點酒再休息，就能睡得很好。」

母親的口吻像是在調侃我，但她的態度如此嬌媚，和蒙娜麗莎僅有毫釐之差。

日子終於進入十月，但並非萬里無雲的晴朗秋日，而是像梅雨季一樣，連日潮濕而悶熱。而母親發燒的情況並未好轉，依舊每天到了傍晚，體溫就會在三十八、九度之間上下起伏。

某日清晨，我看見可怕的景象。母親的手腫起來了。總是說早飯最好吃的母親，這陣子老坐在被窩裡，只喝下一小碗粥，氣味濃烈的配菜她完全吃不下。那天，我給了她一碗松茸清湯，但她似乎連松茸的香味都無法接受，將碗端至嘴邊，旋即又放回餐盤。那時候，我看見母親的手，不由得大吃一驚。她的右手整個腫脹不堪。

「媽媽！您的手沒事吧？」

母親臉色略顯慘白浮腫。

「沒事。小問題，沒什麼。」

「從什麼時候開始腫的？」

母親露出強光炫目的神情，瞇起雙眼，沉默不語。我很想放聲大哭。這樣的手不是母親的手，是其他中年婦人的手。我母親的手更加纖細小巧。她的手我很熟悉。是一雙溫柔、可愛的手。那雙手永遠消失無蹤了嗎？左手雖然沒那麼腫脹，但也讓人不忍卒睹。我轉開目光，瞪著壁龕裡的花籃。

眼淚幾乎奪眶而出，我猛然站起身來走向餐廳，只見直治正獨自吃著半熟蛋。即使他偶爾會待在伊豆家中，晚上也一定會去阿咲那裡喝燒酒；早晨則是一臉不悅，飯也不吃，只吃四、五顆半熟蛋。然後又回到二樓，時睡時醒。

「媽媽的手腫起來了。」

我對直治說完這句話，忍不住低下頭。我說不下去，只能俯面哭泣，哭得肩膀顫抖。

直治不發一語。

我抬起臉來，抓住桌角說：

「媽媽快不行了！你沒發現嗎？腫成那樣子，就沒救了！」

直治也臉色一沉，對我說：

「看來是不久於人世了。嘖，事情未免變得太無聊了！」

「我想再治好她一次。我一定會想辦法治好她的！」

我以右手緊緊抓住左手說道，結果直治突然啜泣起來。

「怎麼會連半件好事都沒有呢？我們身上怎麼淨是這些壞事呢！」

直治邊說，邊以拳頭用力地胡亂搓揉眼睛。

那日，直治去東京向和田舅舅報告母親的病情，請求舅舅指示我們日後該怎麼處理。我不在母親身旁時，幾乎從早哭到晚。我穿過晨霧去拿牛奶時、對鏡撥弄整理頭髮時、塗抹口紅的時候，總是哭個不停。和母親一起度過的幸福時光，往事歷歷在目，如繪畫般湧上心頭，令我哭得不能自已。傍晚，天色暗下來之後，我走上中式客廳外的陽臺，啜泣了很長一段時間。秋季夜空星光閃爍，一隻外面來的貓蹲踞在我腳邊，動也不動。

翌日，母親的手腫得比昨天更嚴重了。她什麼也沒吃。她說她嘴巴破了，喝東西會刺痛，就連橘子汁也無法飲用。

「媽媽，要不要再戴上直治說的口罩試試？」

我原本打算笑著回應她，但說著說著，不禁心酸，「哇」地一聲嚎啕大哭。

「妳每天忙進忙出的，一定很累吧？雇一個護士來幫忙吧！」母親平靜地說著，但我知道，比起自己的身體，她更擔心我的狀況，這令我愈發傷悲。我起身跑到浴室一坪半大的浴場，盡情大哭一場。

正午過後，直治帶著三宅老醫生和兩位護士回來了。平時老愛說笑的老醫生，突然露出憤怒的模樣，快步走進病房，立即為母親檢查身體。

「變虛弱了呢！」他低聲說了一句後，為母親注射救命用的樟腦油⑬。

「醫生您住哪裡？」母親如夢囈般詢問。

「一樣住長岡。已經預約好了，不用擔心。妳一個病人，不須替別人操心。妳應該再任性一點，想吃什麼就吃什麼，妳得多吃一點才行。攝取了營養，身體才會好。我明天再過來，我會請一位護士留下來，妳儘管使喚她。」

老醫生對臥病在床的母親大聲說完之後，對直治使了一個眼色，站起身來。

直治單獨送醫生和同行的護士出門，過了一會兒之後才回來的直治臉上，露出強忍著不哭的表情。

我們悄悄走出病房，走向餐廳。

「沒救了？是不是？」

「沒意思！」

直治嘴角扭曲露出笑容。

「醫生說媽媽身體衰弱得非常快。能不能撐過今明兩天還不知道。」

說著說著，直治雙眼溢出了淚水。

「不用拍電報通知大家嗎？」

反而是我心情平靜地詢問他。

「關於那件事，我也跟舅舅商量過了。舅舅說，現在時代不一樣，沒辦法聚集那

⑬ Camphor（英語）提煉過的樟腦油。為重症病患注射樟腦油，用以防止心臟麻痺。

麼多人了。就算人來了，房子這麼小，反而對他們失禮。這附近又沒有什麼像樣的旅館，就說長岡溫泉好了，我們也拿不出錢預訂兩、三間房。簡單來說，我們現在太窮困了，沒能力邀請那些有頭有臉的人物過來。舅舅應該很快就會過來了，不過那傢伙一向很吝嗇，別指望他會做些什麼。昨晚也一樣，他不管媽媽的病，只顧著教訓我。古今中外，從來不曾有過半個在吝嗇鬼教訓下改頭換面的人。媽媽和那傢伙雖然是姊弟，但他們簡直就是天壤之別，讓我覺得厭惡透了！」

「可是，我就算了，你將來還得依靠舅舅啊……」

「我可敬謝不敏！要靠他，我還不如去當乞丐。姊姊妳才是，妳以後就好好依靠舅舅過活吧！」

「我……」

淚水奪眶而出。

「我有地方可去。」

「妳的婚事？談好了嗎？」

「不是。」

「自力更生嗎？自食其力工作的女性？算了吧，算了吧！」

「也不是自力更生。我要成為革命家！」

「什麼？」

直治表情詫異地看著我。

此時，跟三宅醫生一起來的那個護士過來叫我。

「老夫人好像有事找妳。」

我連忙走向病房，坐在母親的被子旁邊。

「什麼事？」

我將臉湊過去問她。

母親欲言又止，沉默不語。

「要喝水嗎？」我問。

母親微微搖了搖頭，似乎不是想喝水。

過了一會兒，她小聲說：

「我做了一個夢。」

「是嗎？什麼樣的夢？」

「蛇的夢。」

我心頭一驚。

「外廊的踏腳石上，有一條身上有紅色條紋的母蛇，對吧？妳去看看。」

我頓時全身發寒，立刻走上外廊，透過玻璃窗看見踏腳石上有條蛇沐浴在秋陽下，身子又細又長。我感到頭暈目眩。

我知道妳是誰。妳跟那時候比起來，變得更大也更老了。不過，妳就是那條蛇蛋被我燒掉的母蛇吧？妳的復仇，我已經深切體會到了，所以請妳走開吧！快到那邊去！

我在心中默念，並凝視著那條蛇。但那條蛇卻一動也不動的。不知為何，我不想讓護士看到這條蛇，於是便用力跺腳，故意用超乎需要的音量大聲說：

「沒有蛇啊，媽媽！夢境不可信呀！」

我朝踏腳石上一瞥，看見蛇終於扭動身體，慢吞吞地從石頭上滑下去了。

沒救了。看見那條蛇，我第一次打從心底湧起放棄的念頭，心想媽媽沒救了。聽說父親過世的時候，枕頭邊也出現了一條小黑蛇。而我也看到院子裡每棵樹上都爬滿了蛇。

母親連起身的氣力也沒了，總是昏昏沉沉的，她將自己徹底交給貼身照顧的護士處理。飯菜也幾乎食不下嚥。自從看到蛇之後，我心裡反而輕鬆多了，不知道這是否算是悲傷過度之後的平靜。我得到一種近似幸福的感受。我決定以後要盡量陪伴在母親身旁。

從第二天起，我便緊緊挨在母親枕邊坐著，編織衣物。編織毛衣和針線女紅，我比別人都快，但是技藝不精。所以，母親總是一一教我如何處理那些拙劣的部分。那天，我無心編織衣物，但為了避免寸步不離待在母親身邊顯得不自然，只好裝個樣子，搬出毛線盒專心織起衣物。

母親緊盯著我的手說：

「妳在織妳的毛襪吧？如果是的話，要再多加八針，否則穿起來會太緊。」

我小時候，不管母親怎麼教，我都織不好。我就像當時一樣手足無措，心裡感到難為情卻又懷念，一想到這是最後一次，以後再也沒機會讓母親教我編織了，我便忍不住被淚水模糊了視線，看不清針眼。

母親躺著，看起來一點兒也不痛苦。她從今天早上就一口飯也沒吃，我拿紗布沾取茶水，不時幫母親潤潤喉。不過，她意識相當清楚，不時還會平靜地對我說個幾句。

「報紙上好像刊登了陛下的照片，再讓我看一下。」

我舉起報紙，將上頭刊了照片的地方，放在母親臉孔上方。

「陛下老了。」

「不，是這張照片沒照好。上次那張照片看起來非常年輕，陛下似乎也很高興。反而是現在這時代，不知道陛下會不會喜歡？」

「怎麼說？」

「因為陛下這次終於得到解放，他自由了。」

母親露出寂寞的微笑。不久之後，她又說：

「是因為欲哭無淚了呀！」

我突然想到，母親現在肯定很幸福吧？所謂的幸福感受，不就像沉沒在悲哀的河川深處，隱約閃爍光芒的沙金一樣嗎？如果那種超越悲痛的極限後，彷彿看見朦朧光芒的不可思議心境，就是所謂的幸福感受，那麼，陛下、母親和我，現在的確非常幸福。靜謐的秋天上午。和煦陽光下的秋日庭院。我停下編織的手，眺望在我胸口高度粼粼閃爍的海面。

「媽媽，我以前實在太不知天高地厚了！」

雖然我還有話想說，但我怕被在房間一角準備靜脈注射的護士聽見會難為情，於是決定不說。

「妳說以前……」母親微微一笑，接著問我：

「那妳現在懂了嗎？」

我不知為何滿臉通紅。

「我不懂這個世界。」母親轉過臉來對著我，如自言自語般小小聲地說，「我不懂，應該沒有人懂吧？不論經過多久時間，大家仍然像個孩子一樣懵懂。什麼也不明白。」

但是，我還得繼續活下去。儘管還像個孩子，但我以後再也不能一味地撒嬌了。

今後，我必須奮力對抗這個世界。啊，能夠像這樣與世無爭、無怨無悔地結束美麗哀愁人生的人，母親恐怕是最後一個，以後再也不存在於這個世上。步向死亡的人是美麗的。我感覺到活著、苟延殘喘，非常醜陋、血腥而骯髒。我彷彿看見一條懷孕的蛇，正在榻榻米上鑽洞。然而，對我而言，有些事情，我還不能放棄。即使落得下流卑劣也無妨，我要活下去和世界抗爭，以實現我的願望。眼看母親即將死亡，我的浪漫主義和感傷逐漸消失，我覺得自己變成了一個得隨時提高戒心的狡詐生物。

當天正午過後，我在母親身旁為她潤潤喉嚨，一輛汽車停在門前。原來是和田舅舅和舅媽一同驅車從東京趕來了。舅舅來到病房，默默坐在母親枕邊，母親以手帕蓋住自己臉下半部，目不轉睛地看著舅舅哭了起來。但是，只有表情像是在哭泣，並未流出眼淚。就像一個人偶。

「直治在哪裡？」

過了一會兒，母親望著我詢問。

我走上二樓，對著躺在沙發上閱讀新刊雜誌的直治說：

「媽媽找你。」

「唉唉，又是愁雲慘霧的場面。你們還真能忍耐呢！究竟是神經大條，還是太薄情了？我覺得很痛苦，心靈固然願意，肉體卻軟弱了⑭，實在沒有力氣待在媽媽身邊。」

直治邊說邊穿上外套，和我一起走下二樓。

我們倆並肩坐在母親枕邊，母親突然從被窩裡伸出手來，默默指著直治，又指向我，接著將臉轉向舅舅，雙手合十。

舅舅用力點了點頭說：

「啊，我知道，我知道了。」

母親似乎放心了，她輕輕閉上眼睛，悄悄把手縮回被窩。

我哭了，直治也低頭嗚咽起來。

這時，三宅老醫生從長岡趕來，立刻給母親打了一針。母親見到舅舅，心中似乎已了無遺憾，她說：

⑭出自《新約聖經．馬太福音》第二十六章四十一節。

「醫生，快點讓我解脫吧！」

老醫生和舅舅面面相覷，沉默不語，兩人眼中都閃爍著淚光。

我起身走到廚房，煮了舅舅最喜歡的豆皮烏龍麵，包含醫生、直治和舅媽在內，共準備了四碗，端到中式客廳。然後又將舅舅從丸之內飯店帶來的伴手禮三明治，打開給母親瞧瞧，並放在她的枕邊。

「妳太忙了。」

母親小聲說道。

大家在中式客廳裡閒聊了一陣子，舅舅和舅媽因為有要事在身，今天無論如何都得趕回東京，於是把探病的慰問金交給我就走了。三宅醫生和隨行護士也要一起回去，他交代了留守照顧母親的護士一些應急措施，並表示母親意識還算清楚，心臟也沒那麼虛弱，光靠繼續打針，應該還能再撐個四、五天。所以當天，大夥兒便一起搭車回東京了。

送走他們之後，我來到客廳，母親對我露出和藹的笑容。

「妳忙壞了吧？」

她的聲音依舊小得像囈語。她的臉充滿活力，看起來甚至洋溢著光采。我想，見到舅舅，母親心裡一定很開心吧！

「不會。」

我心情也飄飄然的，露出了微笑。

這就是我和母親最後的對話。

三個小時後，母親過世了。秋日靜謐的黃昏暮色中，護士為母測量脈搏，在我和直治兩個骨肉至親守護下，日本最後的貴婦、我們美麗的母親走了。

母親的遺容幾乎與生前無異。父親過世時，面色判若兩人，但是母親的表情一點也沒有改變，只是停了呼吸。我們甚至分不清楚她是什麼時候斷了氣。她臉上的浮腫從前一天就開始消退，兩頰如蠟一樣光滑，薄薄的嘴脣微微扭曲，似乎帶著微笑，比活著的時候更加嬌豔動人。就像聖殤中的瑪利亞。

活著、活著。

啊，是多麼難以承受又令人無法喘息的大事業啊！

生きていること。生きているっこと。
ああ、それは、何というやりきれない息もたえだえの大事業であろうか。

六

戰鬥，開始。

我不能永遠沉浸於悲哀之中，我必須挺身奮戰。為了新的倫理？不，那麼說只像偽善。我只是為了戀愛罷了。正如羅莎只能仰賴新的經濟學才能生存一樣，現在的我必須依賴戀愛才能繼續生活。耶穌為了揭發世上的宗教家、道德家、學者以及當權者的偽善，毫不猶豫地選擇將上帝的真愛如實傳達給世人，祂派遣十二名弟子前往各地，祂當時告訴弟子的教誨，對我現在的情況而言，也並非毫無關聯。

「腰袋裡不要帶金銀銅錢。行路不要帶口袋；不要帶兩件褂子，也不要帶鞋和枴杖。因為工人得飲食是應當的。我差你們去，如同羊進入狼群；所以你們要靈巧如蛇，馴良如鴿子。你們要防備人；因為他們要把你們交給公會，也要在會堂裡鞭打你們，並且你們要為我的緣故被送到諸侯君王面前，對他們和外邦人作見證。你們被交的時候，不要思慮怎樣說話，或說什麼話。到那時候，必賜給你們當說的話；因為不是你們自己說的，乃是你們父的靈在你們裡頭說的。並且你們要為我的名被眾人恨惡。惟有忍耐到底的必然得救。有人在這城裡逼迫你們，就逃到那城裡去。我實在告訴你們，以色列的城邑，你們還沒有走遍，人子就到了。

那殺身體，不能殺靈魂的，不要怕他們；惟有能把身體和靈魂都滅在地獄裡的，正要怕他。你們不要想我來是叫地上太平；我來並不是叫地上太平，乃是叫地上動刀兵。因為我來是叫人與父親生疏，女兒與母親生疏，媳婦與婆婆生疏。人的仇敵就是自己家裡的人。愛父母過於愛我的，不配作我的門徒；愛兒女過於愛我的，不配作我的門徒；不背著他的十字架跟從我的，也不配作我的門徒。得著生命的，將要失喪生命；為我失喪生命的，將要得著生命。」①

戰鬥，開始。

如果我為了戀情而發誓一定會遵從耶穌的教誨，會不會受耶穌責備呢？我不懂為何「談情」是壞的，而「愛」就是好的呢？兩者分明無異。因為莫名難解的情愛以及

①節錄自《新約聖經．馬太福音》第十章九節至三十九節。

因為戀愛生成的悲傷，而讓身體與靈魂毀滅於地獄②中的人！啊啊，我敢說我就是那樣的人！

在舅舅等人的安排下，我們先在伊豆悄悄安葬了母親，正式葬禮則是在東京舉行。葬禮結束後，我又和直治回到伊豆山莊，既不見面也不交談，過著莫名其妙的尷尬生活。直治聲稱需要資金從事出版業，將母親的珠寶全帶走；在東京喝累了，就帶著如重病患者般蒼白的表情，腳步踉蹌地回到伊豆山莊睡大覺。有一次，他帶了一個年輕的舞女回來，似乎連他自己都覺得過意不去。因此，我告訴他：

「我今天可以去一趟東京嗎？我很久沒去朋友那裡玩了。我預計住個兩、三晚再回來，你負責看家。要吃飯，就拜託那位幫忙。」

抓住機會直搗直治的弱點，就是所謂的靈巧如蛇。我將化妝品和麵包等塞進手提包，極其自然地前往東京去見那個人了。

我搭乘省線③，在東京郊外的荻窪站北口下車，下車後再走二十分鐘，似乎就能抵達那個人戰後的新居。這是我以前無意中從直治那裡聽來的。

那天寒風呼嘯。我在荻窪站下車時，周圍已一片昏暗，我抓住一個過路人，告訴他那個人的地址，請對方告訴我大致的方位，在昏暗的郊外巷弄內徘徊了將近一個小時。我心裡著急忐忑地不禁流下眼淚。期間還絆到砂石路上的石子，扯斷了木屐的鞋帶。我呆然佇立，不知如何是好。突然間，我看到右手邊兩棟長屋其中一家的門牌，白茫茫地浮現在昏暗不清的視線中。而且上面似乎寫著「上原」兩個字。我顧不得一隻腳只穿了襪子，往那戶人家大門奔去。走近一看，確定上頭寫的正是上原二郎，只不過屋裡一片漆黑。

怎麼辦？我又失去了方寸。接著，我豁了出去，倚靠在玄關的格子門上說：

「有人在家嗎？」我雙手指尖撫摸著木門上的格子，邊如呢喃般輕聲呼喚，「上原先生。」

有人回應了。不過卻是個女人的聲音。

大門從內側打開，一個瓜子臉且具古典氣息、似乎比我大上三、四歲的女子，站

---

②耶路撒冷以南的谷地。欣嫩子谷（Gehenna）又稱為「欣嫩谷」。在希伯倫聖經中，這裡最初是猶大諸王以火犧牲自己孩子的地方。當時以色列人也會在此焚燒罪犯屍體。從此人們便認為這個地方受到詛咒。前段聖經經文「惟有能把身體和靈魂都滅在地獄裡的，正要怕他。」中的地獄，正是指欣嫩谷。

③一九二〇～一九四九年間使用「省線」稱呼國營鐵道，即現在的ＪＲ線。

在玄關的陰影中笑著問我：

「請問您是哪位？」

她的語氣中絲毫沒有半點惡意和戒備。

「不，呃……」

但是，我不便報上自己的姓名。唯獨她，讓我的戀情莫名地泛起一股內疚。我戰戰兢兢、幾近卑屈地問她：

「老師呢？他不在嗎？」

「是啊。」她回答，抱歉地望著我的臉，「不過，他大概去了……」

「很遠嗎？」

「不。」她像是忍不住發笑般單手捂住嘴，「在荻窪。您只要到車站前一家名叫『白石』的關東煮店看看，應該就能知道他去哪了。」

我不禁雀躍。

「啊，這樣啊！」

「哎呀，您的鞋……」

我承蒙她的好意，走進大門坐在臺階上，夫人給了我一條輕便的木屐鞋帶，是木屐鞋帶斷掉時，方便拿來應急修繕的皮繩。我修好了木屐，這段期間，夫人還為我點了蠟燭拿到門口來。

「我家兩顆燈泡不巧都壞了。最近燈泡價錢貴得驚人，燈絲卻很容易斷，真是糟糕呢！要是外子在家，還能請他去買，可是昨天和前天晚上，他都沒有回家。所以我們這三天只好早早就寢了。」

她無憂無慮地笑著這麼說。夫人身後，站著一個十二、三歲、明眸大眼的女孩，身材纖細的她看起來怯生生的。

敵人！我雖然不這麼想，但這位夫人和孩子，總有一天必定會將我視為敵人，對我心懷怨恨。一想到這，我的愛戀頓時冷卻下來。我換好木屐鞋帶，起身拍掉雙手上的灰塵。一股寂寞無助的感覺猛然朝我席捲過來，我承受不住這股情緒，恨不得衝進客廳，在黑暗中緊緊抓住夫人的手痛哭一場。我內心劇烈動搖，但忽然想到那麼做之後自己難堪尷尬的模樣，不由得反感。

「謝謝您。」

我畢恭畢敬地向她鞠躬道別，走出門外。在寒風的吹拂下，戰鬥開始，戀愛、喜歡、焦急，真正的戀愛、真心的喜歡、真正的焦急；因為愛上了他，而無法自拔；因為喜歡，所以束手無策；因為焦急，而無可奈何。那位夫人的確是個難得一見的好人，那個女孩也很標緻。但是，我即使會被送上上帝的審判臺，也問心無愧。人類是為了戀愛和革命而生的，上帝應該不會譴責我。我一點也沒錯。我真心愛著他，所以不需要內疚。在見到他一面之前，即使露宿街頭兩、三晚也無妨。我一定要見到他！

我立即就找到了站前的白石關東煮店。但是那個人不在這裡。

「我猜他一定去了阿佐谷！從阿佐谷站北口直走，我想想，大約走個一丁半④吧？有一家五金行，從那裡往右再走個半丁，有一家柳屋小餐館。老師最近和柳屋的阿捨姑娘打得火熱，成天都泡在那裡，真受不了他！」

我到車站買好車票，搭上開往東京的省線，在阿佐谷下車，從北口走了約一丁半，在五金行右轉，再走半丁，便抵達柳屋。店內安靜無聲。

「他們一群人才剛走！我聽他們說，他們等一下要去西荻的千鳥老闆娘那裡喝個通宵喔！」

她看起來比我年輕穩重、優雅親切，她就是那個名叫阿捨，和那個人打得火熱的姑娘嗎？

「千鳥？在西荻的哪邊？」

我洩氣不已，眼淚差點奪眶而出。我突然懷疑自己現在是不是快瘋了？

「我也不太清楚，好像是從西荻站下車，出了南口向左轉那一帶吧？總之，妳去派出所問問看，不就知道了嗎？他不是只去一家店就能滿足的人，到千鳥之前，可能還會在其他地方逗留也說不定喔？」

「我去千鳥看看。再見。」

我往回走，從阿佐谷搭乘開往立川的省線，經過荻窪到了西荻窪，在車站南口下車。我頂著呼嘯而過的寒風，遊走了好一陣子，找到一間派出所，向警察打聽出千鳥的方位後，便按照指示，在夜路上如奔跑般快步前進。我終於發現了千鳥的藍色燈籠，便毫不猶豫地拉開了格子門。

④一丁（又作一町）約一百零九公尺。

門口是泥土地，接著是一個約三坪大的房間，房間裡瀰漫著白茫茫的香菸煙霧。大約十個人圍著一張大桌子，大聲嚷嚷地吵鬧、飲酒作樂。有三個比我年輕的姑娘也混在其中抽菸喝酒。

我站在泥土地上，放眼望去，找到了。彷彿身處夢境似的。不一樣了。六年。他完全變成了另外一個人。

這個人就是我的彩虹、M．C、我的生存意義嗎？經過六年，他的蓬頭亂髮依舊，只可惜髮色變成了紅褐色，髮量也更稀薄了。他臉色泛黃浮腫、眼周紅腫、門牙脫落，嘴巴不停嚅嚅囁囁，像一隻老猴子般蜷縮駝背，坐在房間的角落。

其中一名小姐盯著我看，以眼睛告知上原先生我來了。他坐在原地，伸長細長的脖子看了看我，面無表情地用下巴示意我過去。在場的人對我興趣缺缺，依然吵鬧不休，但大家還是稍微移動位子擠了擠，空出上原先生右側的位子給我。

我默默坐下。上原先生在我的杯子裡斟滿了酒，然後也在自己的杯子裡倒酒，並以沙啞的聲音低聲說：

「乾杯。」

兩個玻璃杯輕輕碰撞，發出令人心痛的聲音。

「斷頭臺，斷頭臺，咻咻咻。」有人這麼說。又有一個人回應他，也跟著說：「斷頭臺，斷頭臺，咻咻咻。」他們碰杯發出高亢的聲響，一飲而盡。接著，四處此起彼落地唱起「斷頭臺，斷頭臺，咻咻咻。」「斷頭臺，斷頭臺，咻咻咻。」這首莫名其妙的歌，大夥兒頻頻乾杯暢飲。看來，他們是透過這種胡鬧無稽的旋律助興，硬將酒灌進喉嚨裡。

「我先失陪了。」

有人東倒西歪地回家，又有新的客人悠哉悠哉地走了進來，對上原先生點了點頭，坐進人群中。

「上原先生，那裡啊，上原先生，那裡啊，就是那個叫做啊啊啊的地方，該怎麼說比較好呢？是啊、啊、啊嗎？還是啊啊、啊呢？」

探出身子詢問他的那個人，我記得我看過那張舞臺扮相，他就是新劇演員藤田。

「是啊啊、啊。就像『啊啊、啊，千鳥的酒不便宜』這樣的感覺。」上原說。

「開口閉口都是錢。」小姐說。

「『兩隻麻雀賣一分銀子』⑤是貴還是便宜？」一名青年的紳士說。

「裡頭還提到了『若有一文錢沒有還清，你斷不能從那裡出來』⑥，此外還有相當複雜的比喻說『一個給了五千，一個給了二千，一個給了一千』⑦。看來，基督算帳也算得很仔細呢！」另一個紳士說。

「而且，那傢伙還是個酒鬼呢！我早就覺得《聖經》裡關於酒的比喻莫名地多，結果怎麼著，你們看，《聖經》對祂的形容也說他是個『好酒之輩』。不止是『喝酒的人』罷了，而是『好酒之輩』，想必祂一定很會喝。應該可以喝上一升吧！」另一個紳士說。

「別說了，別說了。啊啊、啊，你們別因為害怕道德，就利用耶穌當幌子。千惠，喝吧！斷頭臺，斷頭臺，咻咻咻。」

上原先生和最為年輕貌美的小姐用力碰杯後一飲而盡。酒順著嘴角滴落，沾濕了下巴。他氣急敗壞似地以手掌粗暴地隨便一抹，然後連續打了五、六個大噴嚏。

我悄悄起身走向隔壁房間，對虛弱蒼白而瘦弱的老闆娘詢問廁所的位置。回來經過那房間時，發現剛才那位最年輕貌美的千惠小姐站在裡頭，似乎在等我。

「妳會不會餓？」她親暱地笑著問我。「會，不過，我帶了麵包來。」

「沒什麼好招待的，」拖著病軀的老闆娘病懨懨地橫坐著，身體倚靠在長火盆上，「妳就在這房間裡用餐吧！陪那群酒鬼喝酒，妳整晚都別想吃飯了。妳坐這吧！千惠子小姐也一起來。」

「喂，阿絹，沒酒了！」隔壁房的紳士高喊。

「來了、來了！」

那個三十歲左右名叫阿絹的女傭，身上穿著別緻的條紋和服，從廚房裡走了出來，手上的托盤裡端了十幾瓶酒。

「等等。」

老闆娘叫住她。

「這裡也要兩瓶。」她笑著說。「還有呢，阿絹，真抱歉，請妳現在立刻去後面

⑤出自《新約聖經．馬太福音》第十章二十九節。
⑥出自《新約聖經．馬太福音》第五章二十六節。
⑦出自《新約聖經．馬太福音》第二十五章十五節。

的鈴屋，幫我們買兩碗烏龍麵。」

我和千惠並肩坐在長火盆旁，在火上烤手。

「蓋上棉被吧！天氣變冷了。要不要喝一杯？」

老闆娘舉起酒瓶在自己的茶碗裡倒入酒，然後在其他兩個茶碗裡也倒了酒。

我們三人就這樣默默喝著酒。

「大家酒量真好呢！」老闆娘不知為何語氣惆悵地說著。

此時，傳來正門拉開的聲響。

「老師，我帶來了！」一個年輕男人的聲音說，「我們社長真是個守財奴，我說要兩萬，堅持老半天，他終於給了一萬。」

「是支票嗎？」上原先生沙啞的聲音問道。

「不是，是現金。對不起。」

「算了，也行，我開張收據吧！」

他們交談的期間，「斷頭臺，斷頭臺，咻咻咻。」這首乾杯之歌從未停歇，不停在那群人之間響起。

「阿直先生呢？」

老闆娘表情一本正經地詢問千惠。我嚇了一跳。

「我不知道，我又不是負責看守阿直先生的人。」千惠驚慌失措地羞紅了臉，模樣惹人憐愛。

「他這陣子和上原先生是不是發生了什麼不愉快？他們平常總是形影不離的呀！」老闆娘冷靜地說。

「聽說他迷上了跳舞。說不定愛上了舞孃吧？」

「阿直先生真是的，又酗酒、又沉迷女色，真是傷腦筋啊！」

「都是上原先生帶壞他的。」

「可是，阿直先生這個人的本質不好。像他那種家道中落的紈褲子弟……」

「呃……」我面帶微笑插話。因為我覺得要是保持沉默，反而對她們失禮，「我是直治的姊姊。」

老闆娘大吃一驚，再次仔細打量我。千惠則是面不改色地說：

「難怪你們長得很像。我剛才看見您站在泥土地的陰暗處，嚇了一跳，還以為是阿直先生。」

「原來如此！」老闆娘改變語氣，「來這麼骯髒凌亂的地方，真是難為您了。這麼說來，您和上原先生從以前就認識了嗎？」

「沒錯，六年前認識的……」

我一時哽咽，眼淚差點流下來。

「讓您久等了。」

女傭端來烏龍麵。

「快點趁熱吃吧！」

老闆娘招呼我們。

「那我就不客氣了。」

烏龍麵的熱氣迎面而來。我吸著烏龍麵，覺得嚐到了人生在世最極致落寞的滋味。

上原先生邊低聲哼著「斷頭臺，斷頭臺，咻咻咻。斷頭臺，斷頭臺，咻咻咻。」的曲子，邊走進我們房間，他一屁股坐在我身旁盤起腿來，默不作聲地將一個大信封交給老闆娘。

「您可別想光用這點錢打發我喔！」

老闆娘看也不看信封裡的東西一眼，直接塞進長火盆下方抽屜，笑臉盈盈地說。

「我會拿來的。剩下的明年再付給妳。」

「您真是的！」

一萬圓。有這麼多錢，能買多少電燈泡呢？這些錢，足夠我生活一年了。

啊啊，這群人也走錯路了。但是，他們或許就和我的戀愛一樣，不這麼做便無法生存下去。人既然出生於世，無論如何都得設法生存，因此我們或許不該憎恨這群人努力掙扎求生的模樣。活著、活著。啊，是多麼難以承受又令人無法喘息的大事業啊！

「總之，」隔壁的紳士說，「以後想要在東京生活，如果不能面不改色地以輕浮的態度與別人往來招呼是不行的。對現在的我們，要求什麼敦厚誠實之類的美德，就像沉重的枷鎖和腳鐐。敦厚？誠實？我呸！靠那些東西是活不下去的！如果不能厚著臉皮與人往來，只剩三條路可走。一是回家種田、一是自殺，還有一個是當小白臉。」

「對於這三種都辦不到的可憐蟲來說，至少還有最後的一個方法。」另外一名紳士接著說，「就是圍在上原二郎身邊，喝個痛快！」

斷頭臺，斷頭臺，咻咻咻。斷頭臺，斷頭臺，咻咻咻。

「妳沒有地方住吧？」上原先生如自言自語般低聲說道。

「我嗎？」

我意識到自己心中的毒蛇抬起鐮刀狀的脖子。敵意。一種近似敵意的感情，令我全身僵硬。

「妳可以跟大家擠在一起睡嗎？天氣很冷呢！」

上原無視於我的憤怒，低聲說道。

「不好吧？」老闆娘插嘴，「這樣她太可憐了。」

「嘖！」上原先生咂了咂舌頭，說：

「既然如此，就別來這種地方啊！」

我沉默不語。我立即從他說話的語氣中察覺到他的確讀了我寄給他的信，而且比任何人都更深愛著我。

「沒辦法。只好去拜託福井家幫忙收留她了。千惠，妳可以帶她過去嗎？不行，兩個女人家走夜路太危險了。老闆娘，麻煩妳幫我把她的木屐悄悄拿到後門去。我送她過去。」

外頭已是深夜。風變小了，夜空中閃爍著滿天星斗。我們並肩走著。

「我可以跟大家擠著睡的。」

上原先生以快睡著的聲音「嗯」了一聲。

「你想找機會跟我獨處，對吧？」

我笑著說，上原先生彎起嘴角苦笑。

「我就知道妳會這麼說，所以我不願意。」我切身感受到，他非常愛惜我。

「我看你喝了很多酒。你每晚都這麼喝嗎？」

「對，每天。從早喝到晚。」

「酒好喝嗎？」

「很難喝。」

上原先生說話的聲音，不禁令我打了一個冷顫。

「你的工作呢？」

「不行了。不管寫什麼都覺得很愚蠢，只覺得悲哀。生命的黃昏、藝術的黃昏、人類的黃昏。全令人作嘔！」

「尤特里羅⑧。」

我幾乎無意識地說出這句話。

「沒錯，尤特里羅。他似乎還活著。是個酒精下的亡魂、行屍走肉。那傢伙最近十年的畫作全都俗不可耐。」

「不光尤特里羅吧？其他大師也全都……」

「沒錯，凋零了。但是，就連新芽也跟著凋零了。冰霜，frost。全世界似乎都降下了不合時宜的冰霜。」

上原先生輕輕摟住我的肩膀，我的身子包覆在他的雙層披肩外套袖子中。但我並未抗拒，反而緊緊依偎著他，慢慢行走。

路邊的樹木只剩下空蕩蕩的枝椏，一片葉子也不剩的樹枝，銳利地刺向天空。

「樹枝真美啊！」

我不禁喃喃自語。

「嗯，花朵和漆黑的樹枝很協調。」

他略為不知所措地回答。

「不，我喜歡這樣無葉無花、也沒有新芽的樹枝。儘管上頭什麼都沒有，它還是堅強地活著。和枯枝不一樣。」

「只有自然不會凋零嗎……」

語畢，他接連用力打了好幾個噴嚏。

「你感冒了嗎？」

「不，不，沒有。其實這是我一個奇怪的習慣。只要喝醉喝到了飽和點，就會立刻像這樣大打噴嚏。就像測量酒醉的指標一樣。」

「戀愛呢？」

---

⑧ Maurice Utrillo（一八八三～一九五五）。法國畫家。畫風色調柔美，經常使用白色，以富含詩情畫意的筆調描繪巴黎街景。

「咦？」

「有沒有接近你心中飽和點的人？」

「搞什麼，別捉弄我了。女人嘛，全都一個樣。麻煩死了！斷頭臺，斷頭臺，咻咻咻。我老實說吧！是有那麼一個，不對，是半個。」

「我的信，你看了嗎？」

「看了。」

「你的回答是？」

「我討厭貴族。貴族都帶著一種令人難以忍受的傲慢。令弟阿直先生在貴族之中算是非常出色的男人，但一樣會不時展露出讓人不以為然的自命不凡。我是鄉下農民的兒子，經過這種小溪時，總是會忍不住想起兒時在故鄉小溪裡釣鯽魚，還有撈大目魚的情景。」

我們沿著在黑暗深處流動、傳來幽幽水聲的小溪走在路上。

「然而，你們貴族非但永遠無法理解我們的感傷，甚至還露出輕蔑。」

「屠格涅夫⑨呢？」

「他也是貴族，所以我討厭他。」

「可是他寫了《獵人筆記》⋯⋯」

「嗯，那部作品還算不錯。」

「裡頭描寫了農村生活的感傷⋯⋯」

「我們折衷一下，就當那傢伙是鄉下貴族吧！」

「我現在也是個鄉下人。我在種田喔！我也是鄉下的窮人。」

「妳現在還喜歡我嗎？」他的口氣很粗魯，「妳還想生下我的孩子嗎？」

我沒有回答。

他的臉孔以岩石坍方般的氣勢朝我靠近，強吻了我。那是一個充滿性欲氣息的吻。我承受著他的吻，邊流下眼淚。近似屈辱和不甘心的苦澀淚水，不斷奪眶而出。

我們依舊並肩而行。

⑨ Ivan Sergeyevich Turgenev（一八一八～一八八三）俄國小說家。透過寫實的自然描寫與敏銳的心理觀察，描寫繪出十九世紀四〇～七〇年代的俄國社會問題，以及知識分子的情感與思想。

「我服輸，我愛上妳了。」

他說完之後大笑。

但是，我笑不出來。我蹙著眉，噘起嘴。

無可奈何。

如果要我用語言形容，就是這種感覺。我發現我拖著木屐走路，腳步踉蹌。

「我服輸了。」男人又說了一句。「走到哪就算哪吧！」

「裝模作樣！」

「妳這傢伙！」

上原先生以拳頭輕捶我的肩膀，又打了一個大噴嚏。

我們抵達了福井家，但大家似乎都就寢了。

「電報、電報！福井先生，電報！」

上原先生敲著門，高聲喊叫。

「是上原嗎？」

房子裡傳來男人的聲音。

「沒錯。王子和公主前來借住一宿。天氣這麼冷，害我一直打噴嚏，難得的愛情路都快變成一場鬧劇了。」

玄關大門從裡面打開。一個年過半百的禿頭矮個子大叔，身上穿著華麗的睡衣，帶著奇怪又羞赧的笑容迎接我們。

「拜託了。」

上原先生只說了一句話，連披風也沒脫，立刻走進屋內。

「工作室太冷，不能睡。我向你借一下二樓。跟我來。」

他牽起我的手，穿過走廊，爬上走廊盡頭的樓梯，進入黑暗的和室，打開房間角落的電燈開關。

「這房間好像餐廳喔！」

「嗯，這是暴發戶的興趣。不過，給那種蹩腳畫家使用，實在太浪費了。那傢伙狗屎運很好，戰爭時房子也沒受到破壞。不好好利用一下怎麼行！來，睡吧！睡吧！」

他像在自己家裡一樣，擅自打開壁櫥，拿出棉被鋪在地上。

「妳在這裡睡。我回去了。明天早上我再來接妳。廁所在樓梯下去右手邊。」

他如同滾下樓梯般，發出吵雜的聲響走下樓，之後便再也聽不見任何動靜。

我又轉了一下開關，關掉電燈。脫掉用父親從外國買回的布料製成的天鵝絨外套，只解開腰帶，穿著和服就寢。我疲憊不堪，加上又喝了酒，身體沉重無力，很快就進入了夢鄉。

不知不覺中，他竟睡在我身旁……我將近一個小時拚命地沉默抵抗著。

突然間我對他心生憐憫，決定放棄。

「不這麼做，你不能放心，對吧？」

「可以這麼說。」

「你弄壞了身子，對吧？你咳血了嗎？」

「妳怎麼知道？老實說，我前陣子病得很嚴重。不過，我沒告訴過任何人啊！」

「因為家母過世前，也有一樣的味道。」

「我懷著想死的心在喝酒。因為活著，只令我感到悲哀。什麼空虛、寂寞，不是那麼輕鬆的東西，而是悲哀。當四面八方的牆壁都傳來陰森的嘆息時，就知道沒有屬於自己的幸福了。當人們明白活著的時候，絕對沒有屬於自己的幸福和光榮時，會有什麼樣的心情呢？努力？那種東西只會變成飢餓野獸的盤中飧。悲慘的人太多了。妳覺得我令人作嘔嗎？」

「不。」

「人生在世只剩下戀愛了。就像妳信上寫的一樣。」

「沒錯。」

我的愛意消失無蹤了。

黎明。

房間微亮，我仔細端詳睡在我身邊那個人熟睡的臉龐。那是一張不久人世的臉孔。一臉疲倦不堪的面容。

犧牲者的臉。尊貴的犧牲者。

我的人。我的彩虹。My Child。可恨的人。狡詐的人。

我頓時覺得那是一張俊美得舉世無雙的臉龐，彷彿愛意又甦醒過來一般，胸口不停悸動。我邊撫摸著他的頭髮，邊主動吻了他。

可悲至極的戀情實現了。

上原先生閉著眼睛抱住我。

「之前不接受妳，是因為我在鬧彆扭。誰叫我是農民的兒子呢！」

我再也不可能離開他了。

「我現在很幸福。即便四面八方的牆壁都傳來嘆息，我現在的幸福感也達到了飽和點。我幸福得快打噴嚏了。」

上原先生「呵呵」一笑，接著說：

「可惜，已經太晚了。夕陽已近黃昏。」

「現在是早上喔！」

那天清晨，弟弟直治自殺了。

人類都是一個樣。
多麼卑鄙扭曲的一句話啊！
貶低別人同時也貶低了自己。
讓人毫無自尊、放棄一切努力的一句話。

人間は、みな、同じものだ。
なんという卑屈な言葉であろう。
人をいやしめると同時に、みずからをもいやしめ、
何のプライドもなく、あらゆる努力を放棄せしめるような
言葉。

七

直治的遺書。

姊姊

我撐不下去，先走了。

我一點也不懂爲什麼非得活下去不可。

就讓那些想活的人活著吧！

人類有生存的權利，同樣也有死亡的權利。

我這想法一點兒也不新穎，只是人類害怕這種理所當然且原始根本的道理，所以才不敢公開說出口來。

想活著的人無論發生什麼事，一定會堅強地存活下去。那是了不起而值得讚揚的，或許也可稱之爲人類的榮耀。但我也認爲死亡並不是一種罪惡。

我是一棵小草，在人世的空氣和陽光下難以生存。想要活下去，還不足夠，還欠缺了一部分。我活到現在，已用盡了全力。

我進入高等學校後，第一次接觸到那些在與我截然不同的階級下成長、強韌如野草般的同學，他們的氣勢震懾住我。我不願服輸，於是施打麻藥，在半狂亂的狀態下試圖抵抗。入伍後，我一樣吸食鴉片當作生存的最後手段。姊姊妳一定無法理解我的感受吧！

我很想變成一個低級的人。我想變強，不，我想變成一個狂暴之徒。我認爲，那是成爲所謂民眾之友的唯一途徑。光靠喝酒，實在起不了作用。我必須隨時處於頭暈目眩、渾渾噩噩的狀態下不可。因此，除了使用毒品，別無他法。我必須忘掉家庭、反抗父親的血統、抗拒母親的溫柔，我必須對姊姊冷酷。否則，我便無法得到入場劵進入民眾的房間。

我變得低級，開始使用粗鄙低級的語言。但是，有一半，不，有六成是悲哀的裝腔作勢，是拙劣的小花招。對民眾而言，我依舊是個裝模作樣、矯揉造作、令人窒息的男人。他們不願眞心與我交往。但是，事已至此，我又無法回到已拋諸腦後的沙龍。現在，我展現的低級雖然有六成都是人工裝出來的，但剩下的四成卻已成了眞正的低級。所謂上流沙龍中那種惡臭刺鼻的高雅，實在令人作嘔，我一刻也無法忍受。而那些達官顯貴也會受不了我粗俗的舉止，將我驅之別處吧！我不能回到已拋棄的世界，卻也只得到民眾給我一張旁聽席，聽他們充滿惡意卻謹愼小心對待我的話語。

不論什麼時代，像我這種生活能力薄弱又有缺陷的小草，根本遑論什麼狗屁思想，或許命中注定是要消滅的。但是，我有些話想說。因爲我感受了令我難以生存的苦衷。

人類都是一個樣。

這究竟算不算得上一種思想？我認爲發明這句不可思議話語的人，既非宗教家，也非哲學家或藝術家。這是從民眾的酒席間冒出來的話。不是由某個人先說出來的，而是像蛆蟲蠕動般不知不覺冒出來的。它覆蓋住全世界，讓世界變得尷尬疏離。

這句不可思議的話和民主主義及馬克思主義毫無關係。那定是酒席上，由一個醜男拋向美男子的話語。那只是煩躁的心情，只是嫉妒，根本算不上什麼思想。

然而，這句酒席上爭風吃醋的怒罵，卻莫名其妙地擺出一張近似思想的表情，在民眾之中漫步；原本應該和民主主義與馬克思主義毫不相關的話語，不知不覺間，卻總是和政治思想及經濟思想糾纏在一起，變得莫名地下流低劣。即使是梅菲斯托①也會受良心譴責而猶豫，不敢指鹿為馬拿這種信口胡謅的話語來頂替思想吧？

人類都是一個樣。

多麼卑鄙扭曲的一句話啊！貶低別人同時也貶低了自己。讓人毫無自尊、放棄一切努力的一句話。馬克思主義主張勞動者較為優越；他們並不認為人都是一樣的。民主主義主張個人尊嚴；他們同樣也不認為人都是一樣的。只有皮條客才會那麼說：「嘿嘿，就算你再怎麼裝腔作勢，不都一樣是人嗎？」

為什麼會說人都一樣呢？為什麼不能說我優秀呢？這是奴性的復仇！

然而，這句話其實非常猥褻而恐怖，它讓人相互畏懼、侵犯一切思想、使努力受人嘲笑、幸福換來否定、美貌遭到糟蹋、光榮分崩離析。我認為所謂的「世紀不安」正是源自這一句不可思議的話。

我雖然認爲這句話令人厭惡，但我仍舊受到這句話威脅，因而畏懼顫抖，不論做什麼都覺得難爲情，時時刻刻都感到惴惴不安、心神不寧、無處依歸，只好乾脆靠酒精和毒品麻醉自我，以求一時的安寧。就這樣，人生變得一塌糊塗。

我太軟弱了吧？我是一棵有著缺陷的小草，對吧？即便我列出這麼多微不足道的理由，那個皮條客一樣會嘲笑我吧？——「說什麼廢話，你本來就是遊手好閒、懶惰好色、任性自私、耽溺於享受的公子哥吧！」以前聽到他們這麼說，我也只感到難爲情，含糊地點頭承認。但是現在我即將面臨死亡，我想留下一句話以示抗議。

姊姊。

請妳相信我。

遊戲人間，對我而言一點也不快樂。或許是快樂罷患了性無能吧？我只是想擺

①《浮士德》中的魔鬼梅菲斯托費勒斯 Mephistopheles（德文）的簡稱。展現出歌德戲曲中的否定精神。以魔鬼帶出下文的「受良心譴責」，為語法上的遊戲。

脫貴族的影子，瘋狂放肆地痛快玩樂罷了。

姊姊。

我們究竟犯了什麼罪？生爲貴族是我們的罪過嗎？不過是因爲出生於貴族人家，我們就必須永遠像猶大的同夥[2]般羞愧自責、向人謝罪，膽怯畏縮地活下去。

我應該再早點死的。但是有一點——媽媽的愛。一想到這，我就沒辦法死。人有自由生存的權利，同樣的也有擅自選擇死亡的權利。但是我認爲在「母親」尚在人世的期間，死的權利必須保留。否則，選擇死亡的同時也會害死「母親」的。

事到如今，即使我死了，也沒有人會因此悲痛得傷了身體。不，姊姊，我知道。失去我，你們的悲傷會是什麼程度。不，虛情假意的感傷就算了吧！你們知道我死了之後，一定會哭泣吧。但是，你們只要想想我活著的痛苦，以及我從苦悶人生中獲得完全解放的喜悅，你們的悲傷就會逐漸消失的。

責備我的自殺，說我無論如何都應該活下去，卻不給我任何幫助，只是口頭上說說，神情得意地批評我的人，一定是可以若無其事地建議陛下開設水果店的偉大人物。

姊姊。

我還是死了比較好。我沒有所謂的生活能力。沒有爲了金錢與人相爭的力量。我甚至連敲詐勒索別人都辦不到。我和上原先生一起玩樂時，我自己那份也都是我自己付的。上原先生說那是貴族小家子氣的驕傲，他對我的行爲甚爲反感；但是，我不是因爲出於驕傲才付的錢，我不能用上原先生工作賺來的錢，放肆地吃喝玩樂、玩弄女人。這太可怕了，我不能那樣做。我可以簡單地說，我不敢花他的錢是因爲我很尊重上原先生的工作。不過，那也只是謊話，老實說，我也不清楚。我只覺得讓人請客，非常可怕。尤其是用人家靠著自己雙手掙來的錢飲食享樂，更是讓我內心痛苦得難以忍受。

因此，我只好從家裡把錢或東西拿出去，害媽媽和妳傷心，而我自己一點也不快樂。我計劃從事出版業，也是爲了掩飾我的羞愧，其實我根本不是認眞的。即使我認眞嘗試好了，一個連讓人請客都覺得彆扭的人，想要賺大錢根本是不可能的。

② Judas 為基督的十二名使徒之一，受金錢蒙蔽，以三十枚銀幣將耶穌出賣給祭司的叛徒。所謂的同夥是指跟猶大一樣背信忘義的叛徒。

我再怎麼愚蠢，也還有自知之明。

姊姊。

我們變貧窮了。我原本想趁活著的時候，好好款待別人享受大餐的，卻落得不靠別人接濟就無法生活的田地。

姊姊。

我爲什麼還得活下去不可呢？我已經承受不住了。我決定一死。我有可以讓人輕鬆死去的藥物。是我從軍時弄到手的。

姊姊美麗（我對美麗的母親和姊姊感到自豪）又賢惠聰穎，所以我一點也不擔心姊姊。我沒有資格擔心。我擔心妳，就好比小偷惦記著被害人的安危，令我羞愧得臉紅。我相信妳一定能結婚生子，好好依靠丈夫生活下去的。

姊姊。

我有一個祕密。

長久以來，我一直懷抱著一個祕密——即使身處戰地，也會想起那個人；我甚至好幾次都夢見那個人，醒來之後，忍不住哭泣。

那個人的名字，我不能說，即使嘴爛了也不能告訴任何人。如今，我即將死去，因此決定死前，至少要向姊姊說清楚。但是，我仍舊感到恐懼，不敢說出那個人的名字。

但是，假如我保守祕密，不向世上任何一個人坦白，將機密深藏心底死去的話，我覺得我的身體火化後，內心深處仍會殘留著一股燒不掉的腥臭，使我擔憂得難以忍受。因此我決定轉彎抹角、含糊曖昧地如虛構小說一般告訴姊姊。雖說是虛構小說，但姊姊一定立刻就能猜出那個人是誰才對。因爲與其說是虛構小說，不如說是單靠假名來矇混過去罷了。

姊姊妳知道嗎？

妳應該知道的才對？不過，妳恐怕沒見過她吧？她年紀稍長妳一些。單眼皮、鳳眼、沒有燙過頭髮，總是將頭髮往後紮。樸素的髮型，搭配一身寒酸的衣服，但看起來並不邋遢，她總是穿得整整齊齊、素雅乾淨。她是戰後接連發表全新風格畫作而急速成名的某位西洋畫畫家之妻。那位西洋畫畫家行爲非常粗暴蠻橫，但夫人卻裝得一副若無其事的模樣，總是溫柔微笑過日子。

我站起身來說：

「那麼，我告辭了。」

她也站了起來，毫無戒備地走向我身邊，抬頭望著我的臉，以普通的聲音問我：

「爲什麼？」

似乎覺得奇怪似地，微微歪著頭，凝視著我的眼睛。她的眼中沒有任何邪念和虛情假意。我平常只要眼神對上了女人，就會張皇失措地移開視線，但只有那時候，我絲毫不感到羞澀。我們臉龐只有一尺之隔，我心情愉悅地凝望著她的眼眸過了六十秒甚至更久，然後我微笑著說：

「可是……」

「他馬上就會回來了。」

她仍然一本正經地說。

我頓時想到所謂的「坦率」，就是指這樣的表情吧！不是類似修身教科書上那種老生常談的嚴肅美德，而是坦率這個字所能形容的美德，原本的模樣一定就是如此可愛吧！

「我下次再來。」

「是嗎？」

從開始到結束，全是再普通不過的對話。我在某個夏日午後，拜訪了那位西洋畫畫家的公寓。畫家不在，但他的夫人表示他很快就會回家，請我進去稍候。我恭敬不如從命，走進屋子，看了三十分鐘的雜誌，畫家還不回來，我便起身告辭。事情經過僅止如此，但我卻在那一天、那個時刻，苦戀上了她那對眼眸。

或許可以稱之爲高貴吧！我敢斷言，在我周圍的貴族中，除了媽媽之外，能夠像她那樣心無戒備露出「坦率」眼神的人，一個也沒有。

後來，我在某個冬日黃昏，被她的剪影打動了內心。一樣是在西洋畫畫家的公寓，我從一早就陪畫家坐在暖爐桌裡喝酒談論日本所謂的文化人，笑得人仰馬翻。後來，畫家倒頭大睡，鼾聲如雷，我也躺下來打起瞌睡。這時，一條毛毯輕輕蓋在我身上，我微微睜眼一看，只見東京冬日傍晚水藍色的澄淨天空下，夫人抱著女兒若無其事地坐在公寓窗户旁邊。夫人那端正的身影，在遙遠的水藍色夕陽天空襯托之下，猶如文藝復興時期的肖像畫，鮮明地浮現出輪廓。她輕輕爲我蓋上毛毯的親切，不含任何情色和欲望。啊啊，「人情味」這個字或許就應該用在這種時候吧！就好比她幾乎無意識地表現出對他人理所應有的淡泊關懷，她散發出如畫般嫻靜的氣息，凝望著遠方。

我閉著眼睛，對她產生了戀眷、渴望、瘋狂的愛意，眼中不禁泛出淚水，我趕緊拉起毛毯蓋住頭。

姊姊。

我去西洋畫畫家那裡玩，一開始是因爲我沉醉在他作品中特異的筆觸，以及蘊含在畫作深處的狂熱激情。但是，隨著彼此往來越密切，我逐漸對他毫無教養、胡作非爲，以及骯髒的行爲感到掃興反感。相反的，我也漸漸受他夫人美好的心性所吸引。不，我戀眷、仰慕這位懂得正確愛情的女人，想見她一面，所以才去那位西洋畫畫家的家裡遊玩。

我甚至認爲，如果那位西洋畫畫家作品中多多少少呈現出藝術的高貴氣息，一定是畫中反映出了夫人溫婉的內心吧！

我現在可以清楚說出我對那位畫家的感想。他只是一個酒鬼、一個沉溺於玩樂的奸商。因爲想賺錢玩樂，在畫布上胡亂塗抹顏料，乘著流行的趨勢，裝模作樣地自抬身價。他擁有的不過是鄉巴佬的厚臉皮、愚蠢的自信和狡猾的經商手法罷了。

那個人恐怕對別人的畫作一無所知，根本連是外國人的畫還是日本人的畫都不清楚。他應該連他自己的畫也不懂吧！他只是爲了賺錢花天酒地，才忘情地在畫布上胡亂塗抹顏料罷了。

更令人驚訝的是，他對自己的胡作非爲，從不曾感到懷疑、羞恥和恐懼。

他只感到洋洋得意。畢竟他自己都不懂自己在畫什麼了，當然不會明白別人作品的優點。他會的只有一味貶低再貶低別人。

換言之，他頹廢的生活，口頭上叫苦連天，其實是愚蠢鄉巴佬來到嚮往的城市，意外獲得成功而得意忘形，玩得樂不思蜀罷了。

有一次，我對他說：

「所有朋友都在偷懶玩樂時，只有自己用功讀書，我會感到難爲情且害怕，這樣實在不行，所以就算一點也不想玩樂，還是得加入其中一起玩樂才行。」

中年西洋畫畫家若無其事地回應：

「是嗎？就是所謂的貴族脾氣吧！眞令人討厭。我只要瞧見別人在玩樂，就會覺得自己不玩反而吃虧，所以就跟著大肆玩樂了！」

那時，我打從心底瞧不起那位西洋畫畫家。這個人對他放蕩不羈的生活不曾感到苦惱。反之，他甚至對縱情玩樂感到自豪。實在是個快樂的蠢蛋。

不過，說了這麼多有關這位西洋畫畫家的壞話，都和姊姊無關。再者，面臨死亡之際，我也懷念起和他長久以來的交往，甚至有想再次見他一面、與他玩樂的衝動。我一點也不恨他，畢竟他也只是害怕寂寞，他是個擁有許多優點的人。所以，我就不再說了。

我只想讓姊姊知道，我愛戀他的夫人，讓我失去了方向、痛苦不安這件事。因此，就算姊姊知道了，也請別告訴任何人，更沒有必要爲了實現弟弟生前的心願而多管閒事。我希望妳一個人知道，暗暗記在心中就好。若說我有什麼欲望，就是姊姊聽了我可恥的告白，能更加深刻了解我人生至此的苦悶，我就心滿意足了。

有一次，我夢見我和夫人握著彼此的手。我得知夫人很早以前就喜歡我了，夢醒之後，我的手中仍然殘留著夫人手指的餘溫。我知道這樣我就該滿足了，並死心了。不是因爲我害怕道德，而是我畏懼那個半瘋狂，不，幾乎可說是個狂人的西洋畫畫家。我想放棄，將心中的火焰轉向其他對象，於是我開始瘋狂地和各種女人廝混。我想掙脫夫人的幻影，忘了她，忘記一切。但是，我失敗了。我是個專情的男人，這輩子只愛著一個女人。我敢說，我從不曾覺得夫人以外的女性朋友美麗迷人過。

姊姊。

請讓我在死前寫一次吧！

……小菅。

這是那位夫人的名字。

昨天我帶了自己一點也不喜歡的舞孃（這女人本質上有些部分很愚蠢）回山莊，並不是因爲打算今天早上要尋死才帶她來的。我本來打算近期內一定要自殺，但昨天帶她來山莊，是因爲女人逼我帶她去旅行，我又在東京玩累了，所以覺得帶這個愚婦回山莊休息兩、三天也不賴。雖然對姊姊造成不便，但還是一起回來了。

怎知姊姊要去東京的朋友家，我這時突然想到要死就該趁現在。

我從以前就打算死在西片町老家最後面那間和室。因爲我不願死在大街或野外，讓那些看熱鬧的人隨便玩弄我的屍骸。但是，西片町的房子已經拱手讓人，現在我只能死在這座山莊裡了。但是，一想到第一個發現我自殺的人會是姊姊，姊姊該多麼驚訝與害怕，我便覺得心情沉重，實在無法在只有我們姊弟倆獨處的夜裡自殺。

現在正是大好機會。姊姊不在，取而代之的是，那位愚蠢的舞孃將成爲發現我自殺的人。

昨夜，我們倆喝了酒，我讓女人睡在二樓的西式房間，我一個人在媽媽過世的一樓和室鋪好棉被，開始寫下這篇悲慘的手記。

姊姊。

我的希望已經失去了地基，搖搖欲墜。永別了。

就結果而言，我是自然死亡。因爲人類光靠思想是死不了的。

我還有一個難以啓齒的心願。就是媽媽身後留下的麻布和服。那件和服本來是姊姊爲了讓我明年夏天可穿才重新修改縫製的吧？請將那件衣服放進我的棺材。我很想穿。

天色逐漸泛白。多年來，讓妳辛苦了。

永別了。

昨晚喝的酒，已經徹底清醒。我是在神智清醒的狀態下死亡的。

再次向妳道別。

姊姊。

我是貴族！

生下心愛男人的孩子、撫養成人，是我道德革命的實現。

こいしい人の子を生み、育てることが、私の道徳革命の完成なのでございます。

八

夢境。

所有人都離我而去。

處理好直治的後事，接下來的一個月，我獨居在冬天的山莊裡。

我心如止水地給那個人寫了最後一封信。

看來，你也拋棄我了。不，是漸漸遺忘了我。

但是，我很幸福。正如我的期望，我懷了你的孩子。現在的我雖然失去了一切，但是肚子裡的小生命，成了我孤獨微笑的理由。

我並不認爲這是什麼骯髒的失策。我最近終於明白世上爲何有戰爭、和平、貿易、工會及政治這些事物存在了。你不懂吧？所以你才會一直陷於不幸啊。我告訴你吧！都是為了讓女人生下一個好孩子。

我打從一開始就不指望你的人格或負責。我在意的只有我義無反顧的戀愛冒險能夠獲得成功。我的願望已經實現，現在我的心境如森林中的沼澤一樣平靜。

我認為我獲勝了。

即使瑪利亞生下的不是丈夫的孩子，只要瑪利亞引以為傲，她和孩子就是聖母與聖子。

我因為泰然無視舊有道德而獲得一個好孩子而感到滿足。

你今後將依然唱著「斷頭臺、斷頭臺」和紳士及姑娘們喝酒，繼續過著頹廢的生活吧？我不會要求你停止。因為那可能是你最後抗爭的方式。

我不想睜眼說瞎話敷衍你，要你戒酒、治病、長命百歲、在工作上好好表現等等。比起「好好工作」，不如懷著赴死之心，徹底過著所謂離經叛道的生活。或許後人反而會向你道謝。

犧牲者。道德過渡時期的犧牲者。你和我都是犧牲者吧！

革命，究竟該在什麼地方進行？至少在我們身邊，舊有道德依然如故，絲毫不受動搖，阻擋著我們前進的路。儘管海面波濤洶湧喧囂，底下的海水遑論革命了，甚至一動也不動，假裝正在沉睡。

但是，我認爲在先前的第一回合中，我或多或少推翻了舊有道德。接著，我打算和即將誕生人世的孩子一起面對第二回合、第三回合的戰鬥。

生下心愛男人的孩子、撫養成人，是我道德革命的實現。

即使你忘了我，或是因酗酒而丟了性命也無妨，爲了實現我的革命，我會堅毅地生存下去的。

我前陣子從某人那裡聽了不少有關你的人格是如何地庸俗，然而讓我堅強面對人生的人是你。在我心中懸掛一道革命彩虹的人也是你。給了我人生目標的人依然是你。

我爲你感到驕傲，我也想讓即將出世的孩子以你自豪。

私生子與他的母親。

我們將永無止境地與舊有道德抗戰，我打算像太陽一樣活著。

請你也繼續堅持奮戰。

革命尚未成功。需要更多寶貴的犧牲。

現今世上，最美的無疑正是犧牲者。

另外還有一位小小的犧牲者。

上原先生。

我不想再請求你任何事情了，但是，爲了這個小小的犧牲者，我只拜託你答應我一件事。

我想請尊夫人抱一下我生下的孩子，一次就好。到時候，我會這麼對她說：

「這是直治和某個女人偷偷生下的孩子。」

我不能告訴你，我爲什麼要那樣做。不，我自己也不明白我爲什麼會想這麼做。但是，我無論如何都希望你答應我。爲了名叫直治的小小犧牲者，我希望你無論如何都得答應我。

你感到不悅嗎？即使不開心，也請你忍耐。這是一個被拋棄淡忘的女人，唯一且輕微的騷擾，請你務必接受我的要求。

致M・C　我的喜劇演員（My Comedian）

昭和二十二年[2]二月七日。

② 一九四七年。

維榮之妻

ヴィヨンの妻

一年三百六十五天，

若有個一天，

不，只要半天能過得無憂無慮，就算幸福了。

人間三百六十五日、
何の心配もない日が、
一日、いや半日もあったら、それは仕合せな人間です。

一

大門口傳來慌忙的開門聲，吵醒了我，我知道一定又是喝得爛醉的丈夫深夜回家了，因此默不吭聲地繼續躺著。

丈夫打開隔壁房間的電燈，上氣不接下氣地大口喘息，他似乎在尋找什麼似地翻找書桌及書櫃的抽屜；過了一會兒，我聽見他一屁股坐在榻榻米上的聲音，接著就只剩急促的呼吸聲了。我忍不住起疑想知道他在做什麼，於是躺著問他：

「你回來了。吃過飯了嗎？碗盤櫃裡有飯糰喔！」

「好，謝謝。」丈夫一反常態地溫柔回應我，接著問道：「兒子怎樣了？還發燒嗎？」

這也真是稀奇。兒子明年即將滿四歲，但不知道是因為營養不良，還是丈夫酗酒影響，又或者病毒所致，兒子的身形比別人家的兩歲小孩還顯瘦弱，走起路來搖搖晃晃的，說話也頂多只能說出「好吃好吃」或「不要不要」之類的隻字片語，讓人擔心他腦袋是否有問題。之前我帶兒子去公共澡堂洗澡時，抱起他光溜溜的身體，因為他實在瘦小得令人不忍卒睹，不由得悲從中來，甚至在眾人面前哭了出來。這孩子時常肚痛或發燒，而丈夫又成天往外跑，我真不知道他心裡還有沒有孩子。即使我告訴他兒子在發燒，他也只會回我：「啊，是嗎？帶他去看醫生不就好了？」然後便匆忙披上雙層披肩外套出門，不知去向。儘管我也想帶兒子去看醫生，但由於我身無分文，所以只能陪兒子一起睡，默默輕撫他的頭。

但是，那天夜裡不知為何丈夫溫柔得出奇，竟難得問起兒子的燒退了沒有？比起欣慰，我更有一股不祥的預感，嚇得我不寒而慄。我不知該如何回答，只好沉默不語，只是聽著丈夫急促的喘息。

「有人在嗎？」

此時，門口傳來女人尖細的聲音。我像是渾身被潑了冷水似地打了個冷顫。

「大谷先生，你在家嗎？」

這次，她的語氣變得更尖銳了。同時傳來大門打開的聲音。

「大谷先生！你在家吧？」

聲音裡帶著明顯的憤怒。

丈夫此時才終於走到門口應門。

「幹嘛？」

他戰戰兢兢地回答，口氣聽起來有點呆傻。

「你還敢問我幹嘛？」女人壓低聲音，「你好歹有這麼一間像樣的房子，竟然當起小偷來了。到底怎麼回事？別再玩弄人了，把那個還給我！否則我現在就去報警！」

「妳在胡說什麼！別血口噴人！這裡不是你們可以來的地方！滾回去！不滾的話，我就去報警！」

這時，傳來另一個男人的聲音。

「詩人先生，你真有種啊！竟然說『這裡不是你們可以來的地方』？嚇得我都說不出話來了。這事可是非比尋常！你偷走人家的錢財，玩弄別人也要有點分寸。我們夫妻倆到現在，不知道因為你吃了多少苦。但是，你居然做出今晚那種可恥的勾當！詩人先生，我真是看走眼了。」

「你這是勒索！」丈夫盛氣淩人地大吼，但聲音卻在顫抖，「你們這是恐嚇！滾回去！有話，明天再說！」

「你真是做賊的喊抓賊，詩人先生，你已經徹底變成一個大壞蛋了！既然如此，我只能拜託警察幫忙了。」

那句話中充滿了令我全身起雞皮疙瘩的強烈恨意。

「隨你便！」丈夫高聲嘶吼，聽起來卻像在虛張聲勢。

我起身在睡衣披上外套，走到大門口跟兩位客人打招呼：

「歡迎兩位光臨寒舍。」

「哎呀，這位是大谷夫人嗎？」

一名身穿及膝外套、年約半百的圓臉男人，不苟言笑地向我輕輕點頭致意。

女人則約四十歲左右，身材瘦小，打扮得相當整潔。

「抱歉，深夜來府上打攪。」

女人一樣也不苟言笑，她脫下披肩，向我回了一鞠躬。

就在這時，丈夫突然套上木屐想往外衝。

「別想跑！」

男人抓住丈夫一條手臂，兩人頓時扭打成一團。

「放開！否則我捅死你！」

丈夫右手裡的折疊刀閃閃發光。那把刀是丈夫珍藏的東西，一直都收在書桌抽屜裡。剛才丈夫一回到家，就在家裡翻箱倒櫃的，想必早就預期到會發生這種事，所以才找出這把刀藏在懷裡。

男人後退了一步。丈夫趁機轉身拔腿往外逃，雙層披肩外套的衣袖翻起，令他看起來像隻大烏鴉。

「小偷！」

男人大喊，正想跟著追出門外時，我光腳走下泥土地抱住他，苦苦哀求：

「請您放過他吧！不管是誰，都不能受傷！剩下的爛攤子，就由我來收拾。」

旁邊的四十歲女人也說：

「就是說啊，老公！瘋子手上拿著刀，沒有人知道他會幹出什麼好事！」

「可惡！我要去報警！我絕對饒不了他！」

男人失魂落魄地望著外頭昏暗的夜色，自言自語般說道，但是他已全身無力了。

「對不起。兩位請進來裡面，告訴我是怎麼回事吧！」

語畢，我踩上大門的臺階，蹲下來對他們說：

「說不定我能收拾好他的爛攤子。請進、請進。家裡很骯髒凌亂就是了。」

兩位客人面面相覷，輕輕點頭表示同意。接著，男人態度一轉，對我說：

「無論妳怎麼說，我們都已打定主意了。不過，我還是跟夫人說明一下事情的來龍去脈好了。」

「好的，請進。進屋裡再慢慢聊吧！」

「不，我可沒那個時間慢慢聊！」

說完後，男人脫下外套，脫到一半，我連忙阻止他：

「直接穿著進來吧！裡頭很冷，真的請您穿著進來就好。我們家裡連任何可供取暖的東西都沒有。」

「那我就直接穿進去了。失禮了」

「請進。那位女士也請直接穿著外套進來吧！」

男人在前、女人在後，走進丈夫三坪大的房間。破舊腐壞的榻榻米、殘破的紙門、斑駁剝落的牆壁、紙面脫落露出骨架的壁櫥拉門、閒置在角落的書桌和書櫃，書櫃空蕩蕩的。看見房裡荒涼的景象，兩人都忍不住倒抽了一口氣。

我拿出露出棉絮的破舊坐墊給他們坐，並說：

「榻榻米很髒，我只有這種東西，請將就著用吧。」

接著，正式向兩人問候：

「很榮幸認識兩位。外子長期以來似乎給兩位添了很多麻煩，不知道他今晚吃錯了什麼藥，竟做出那麼可怕的事情來，我真不知該如何道歉。他的性情就是那麼古怪，敬請見諒。」

話才說到一半，我頓時語塞，潸然落淚。

「夫人，恕我冒昧，妳今年幾歲了？」

男人豪放不羈地盤腿坐在破舊的坐墊上，手肘撐在膝蓋上，拳頭托著下巴，上半身前傾詢問我。

「您是問我嗎？」

「沒錯。我記得妳丈夫好像三十歲吧？」

「對，呃……我比他小四歲。」

「也就是二十六囉？哎呀，真可憐，妳還這麼年輕啊？不，也是，丈夫三十的話，妳應該是那個年齡了，不過我實在很吃驚。」

「我剛才就感到佩服，」女人從男人的背後探出頭，「有這麼好的夫人，大谷先生為什麼會那樣呢！」

「他有病，他生病了。以前還沒這麼嚴重，不過後來漸漸惡化了。」

男人說道，他深深嘆了一口氣，「老實說，夫人，」他鄭重其事地說，「我們夫妻倆在中野車站附近經營一家小餐館，我和她都生長於上州[1]。妳別看我像個浪蕩子，其實我是正經的生意人，因為我不想以鄉下人為對象，做那種小鼻子小眼睛的生意，所以二十年前才帶著老婆來到東京。我們一開始在淺草一家餐廳工作，寄宿在店裡，和大夥兒一樣載浮載沉、吃了不少苦，好不容易才存了點錢。好像是昭和十一年

①日本古代行政區上野國的別稱，今群馬縣。

吧？我們在現在的中野車站附近，租了一間三坪大、裡頭還有泥土地的小房子，開了家餐館。店面簡陋狹小，上門光顧的都是每次頂多只花一、兩圓的客人，生意勉勉強強，不是特別興隆。儘管如此，因為我們夫妻省吃儉用地努力工作，因此存到一筆錢大量買進燒酒和琴酒②之類的。在後來酒類短缺③的年頭，我們也不至於像其他餐飲同業一樣被迫改行，還能勉強撐著繼續做生意。平時就經常上門的老顧客更常來光顧了；還有人幫我們打通了管道，幫忙弄來一些所謂的軍方酒糧。後來對英美的戰爭開打後，空襲越來越頻繁，我們因為沒有孩子絆手絆腳，所以不打算疏散回故鄉避難，就靠餐館的生意撐著，心想就做到房子被火燒掉為止。結果房子並未在空襲中燒毀，戰爭結束了，我們真的鬆了一口氣，於是便肆無忌憚地從黑市進了許多酒來賣。簡單來說，我們就是這樣在亂世中求生的人。只不過話說得太簡單，妳或許會以為我們沒碰過什麼難關，運氣特別好。但是，人生就是地獄，所謂『寸善尺魔④』是真的啊！若有一寸的幸福，後頭必定跟著一尺的災禍。一年三百六十五天，若有個一天，不，只要半天能過得無憂無慮，就算幸福了。妳丈夫大谷先生第一次來我們店裡，好像是昭和十九年的春天吧！當時我們對英美的戰役，尚未屈居下風，不，可能已經開始露出失敗的跡象了吧？不過實際情況和真相究竟為何，我們小老百姓怎麼會知道？總以為再努力個兩、三年，應該就能和英美兩國擁有對等的資格、握手言和了。我記得大谷先生第一次出現在我們店裡時，身上穿了一件久留米絣⑤的和服，搭上雙層披肩外套；不止大谷先生，當時在東京穿著防空服外出的人還不常見，多半的人依然隨意穿著普通的服裝出門，所以我們也不覺得大谷先生當時的裝扮特別邋遢。大谷先生那時候並不是一個人。當著夫人的面這麼說實在不好意思，不過算了，我還是實話實說，就不隱瞞了。一個老女人帶著妳丈夫從後門偷偷進來。那陣子，我們店每天都大門深鎖，照當時流行的說法叫關門營業，只有少數的老主顧才會從後門偷偷進來。他們也不像其他客人坐在泥土地區域的椅子上喝酒，而是在後面三坪大的房間裡，只留一盞昏暗的燈光，安安靜靜地喝到醉。那個老女人不久之前還在新宿的酒吧裡陪酒，她常帶一些有頭有臉的客人來喝酒，算是我們的熟客。大家都是同道中人，我們都很清楚

② gin（英文）蒸餾酒的一種，原來為玉米、大麥、裸麥，並以杜松子增添香氣。
③ 日本戰後因糧食、物資缺乏，造酒的米不夠，因此出現酒類短缺的現象。
④ 指世上善少惡多，也有人生不如意事十之八九的意思。
⑤ 福岡縣久留米市製造的布料，多為藍底白紋。

彼此的底細。那女人的公寓就在附近，新宿的酒吧關門之後，她就不再陪酒了，但偶爾還是會帶一些熟識的男人上門光顧。後來我們店裡的酒越來越少，即便是再怎麼有頭有臉的客人，喝酒的人越多，我們非但不像以前那麼高興，甚至覺得困擾。不過，那之前的四、五年間，她帶了許多出手大方的客人過來，看在過去的情分上，只要是她介紹來的客人，我們都和顏悅色地端上酒招待。因此，妳丈夫當時跟那個老女人，她叫阿秋，一起從後門偷偷來時，我們也不覺得奇怪，照例請他們進去後頭三坪大的房間，拿出燒酒招待。大谷先生那天晚上安靜地喝著酒，讓阿秋付了酒錢，又一起從後門離開了。奇妙的是，我一直忘不了那天晚上大谷先生喝酒時出奇安靜且舉止高雅的模樣。或許妖魔第一次出現在別人家裡時，都會擺出一副文靜內斂又純真無邪的模樣吧？從那天晚上起，我們店就被大谷先生盯上了。大概過了十天，大谷先生獨自從後門進來，突然拿出一張百圓紙鈔。當時的一百圓可是一筆大錢，數目比現在的兩、三千圓更大。他將錢硬塞進我的手裡，畏畏縮縮地笑著對我說了一句『拜託』。他看起來已經喝了不少。可是，夫人妳也知道，沒人酒量像他那麼好。每次以為他喝醉了，但他說話又頭頭是道、有條有理；不管他喝了多少，我從未見過他走路腳步踉蹌。人活到三十前後，正是所謂的血氣方剛，也是最能喝酒的年紀。可是，像他那麼能喝的人還真是稀罕。那天晚上，他看起來好像已經在其他地方喝了不少，接著在我們店裡又連續喝了十杯燒酒。他從頭到尾都默不吭聲，即使我們夫妻跟他說話，他也只是靦腆一笑，模稜兩可地『嗯、嗯』點頭，然後突然問我們『現在幾點了？』並站起身來。我找錢給他，他卻說不用，我語氣強硬地說『這樣我們很傷腦筋啊！』只見他咧嘴一笑，告訴我『暫時放你這，下次再找給我吧！我改天再來。』就回去了。夫人，我們從他那裡拿到錢，這是第一次也是最後一次。後來他總是找一堆藉口敷衍我們，三年來一毛錢也沒付過。我們的酒幾乎都被他一個人喝光了，天底下哪有人像他這麼離譜！」

我忍不住噗哧一笑。不知為何就只覺得好笑，忍不住笑了出來。我連忙捂住嘴，看向老闆娘，沒想到她也在低頭竊笑。而老闆也莫可奈何地苦笑說：

「唉唷，這件事根本就不好笑，但是實在離譜到讓人想笑。其實，他如果可以把一身的才幹用在正事上，想當個大臣還是博士都辦得到。不止我們夫妻，其他被他盯上，落得只能喝西北風、在寒夜中哭泣的人，大有人在。就拿那個阿秋來說好了，她也因為認識了大谷先生，搞得資助她的金主跑了，錢和衣服都沒了，現在只能住在大雜院的骯髒房間裡，過著無異於乞丐般的生活。其實，那個阿秋剛認識大谷先生的時候，被他迷得神魂顛倒，成天向我們吹噓。說大谷先生身分高貴，是四國某位貴族的旁支，大谷男爵的次子。因為素行不良被逐出家門、斷絕父子關係，但只要父親男爵一死，他就能和長子兩人平分家產。還說他天資聰穎，是個天才。二十一歲就寫了書，內容比天才詩人石川啄木⑨更精彩，後來還寫了十多本書，年紀輕輕就已是日本第一的詩人。不僅如此，他還是個了不起的學者，一路從學習院、一高，進到帝大⑦，他還精通德語、法語……真是太驚人了，阿秋把他講得跟神一樣。不過她說的也不全是空穴來風，我們從別人口中也聽過，他的確是大谷男爵的次子，也是有名的詩人。就連我家這老太婆都老大不小了，也跟阿秋爭先恐後似地被他迷得神魂顛倒，說什麼名門顯貴之後就是不一樣，成天盼望大谷先生光臨，真受不了！現在貴族已經沒有什麼價值了，可是直到戰爭結束前，遊說女人最好的方法，就是假裝自己是被逐出家門斷絕關係的貴族子弟。女人莫名其妙的，就是會上鉤。用現在流行的話來說，大概就是所謂的奴性吧！我在男人之中，好歹也是身經百戰、懂得為人世故，不就只是貴族出身而已，當著夫人的面說這些真是抱歉，他只是四國地方貴族的旁支，又是次子，這種人的身分，說穿了和我們根本沒有什麼不同。我才不會那麼膚淺地被沖昏頭！但是，我總覺得那位大谷先生實在不好對付，即使我早就下定決心，無論他怎麼求我，我都不會再賣酒給他了，但是每當看到他像是被追趕似地，在意料之外的時刻忽然出現在店裡，並露出鬆了一口氣的模樣，我的決心就開始動搖，忍不住端出酒來。他喝醉了也不會大吵大鬧，要是能乖乖付錢的話，還算是個好客人。他既不會吹噓自己的身分，也不會愚蠢地自誇是天才。阿秋老是黏在他旁邊，向我們宣揚他的偉大，他也只會顧左右而言他地說些『我想要錢來付這桌的酒錢』之類的話，害大家掃興。他從來沒付過錢給我們，倒是阿秋時常跑來替他結帳。除了阿秋以外，他還有一個不方便讓阿秋知道的女人，那個人好像是有夫之婦，有時會跟大谷先生一起來。她也會幫大谷先生付錢，還會多放一些在我們這邊。我們畢竟是商人，如果沒有人付錢的話，管

⑥明治十九年—明治四十五年（一八八六～一九一二）。岩手縣人。詩人、歌人、評論家。本名為石川一。生活貧苦，擅長浪漫主義的抒情詩。思想較接近社會主義。代表作有歌集《一握之沙》、《可悲的玩具》，以及詩集《哨子與口哨》等。

⑦一高：舊制第一高等學校，為東京大學的前身，戰後成為東京大學教養學部的一部分。帝大：指東京帝國大學，即現在的東京大學。

他是大谷先生也好、皇親國戚也罷，我們都不能讓他白吃白喝！光靠別人偶爾支付的一點錢根本不夠，我們不堪虧損，聽說大谷先生家住在小金井，還有個可靠的夫人，所以也想上門商量一下酒錢的事。我曾假裝不經意地問大谷先生他家住哪，但是他立即察覺到我的意圖，說什麼『沒有就是沒有，幹嘛那麼心急，要是鬧翻了，吃虧的可是你們』之類的，聽了就討厭。即使如此，我們還是想設法找到大谷先生的家，曾經試著尾隨他兩、三次，但每次都被他順利開溜了。後來，東京連續遭到大空襲，有一天大谷先生竟戴著戰鬥帽⑧闖進店裡，擅自從壁櫥裡拿出白蘭地酒瓶，咕嚕咕嚕地站著灌了一大口，又像一陣風般揚長而去。酒錢半毛也沒付。後來戰爭終於結束了，我們大肆從黑市進了一些酒，店門口也換上新的布簾，再怎麼窮困也得努力做生意。為了招攬客人，還雇了一個可愛的女孩。沒想到那個妖魔般的先生又出現了。這次他帶的不是女人，每次上門必定帶著兩、三位報社或雜誌社記者。那群記者說軍人沒落了，以前窮途潦倒的詩人，將會大受世人崇拜歡迎；大谷先生對那些記者說了許多外國人的名字、英語、哲學之類莫名其妙的話，然後就站起身走出店外，一去不回。記者們一臉掃興地唸著『那傢伙跑哪去了？我們差不多也該走了』，並開始收拾東西。

我告訴他們：『請等等！大谷先生老是用這招開溜，所以我只好跟你們收錢！』有幾個人比較老實，湊了錢付完帳才回去；但也有人怒氣沖沖地對我大吼：『讓大谷付！我們的生活費只有五百圓[9]啊！』我也只能回他：『不，你知道大谷先生欠了我多少錢嗎？如果你們能幫我向大谷先生討回他欠我的錢，我就分你們一半！』記者們全露出目瞪口呆的表情說：『啊？沒想到大谷先生竟然這麼惡劣！以後別和他一起喝酒了！但是，今晚我們身上的錢湊起來也不到一百圓，我們明天一定拿錢來還，所以先把這個放在這裡抵押吧！』語畢，他便豪邁地脫下外套。世人都說記者不是好東西，但是跟大谷先生比起來，他們正直又乾脆多了。如果說大谷先生是男爵家的次子，那些記者可比他更值得成為公爵家的繼承人。戰爭結束後，大谷先生的酒量更上一層樓，樣貌也變得更加兇狠，開始將一些以前從不曾說出口的下流玩笑掛在嘴邊。有時還突然跟自己帶來的記者扭打起來，就連我們店裡雇請的女孩都還不到二十歲，也被

---

⑧軍隊使用的便帽，以帶綠色的黃土色布料製成，類似運動帽。戰爭期間，老百姓也會使用戰鬥帽。

⑨昭和二十一年（一九四六）二月十七日，日本政府頒布金融緊急措置令，但未能抑制越演越烈的通貨膨脹。當天封鎖所有金融機關的存款及債務，令所有民眾將舊日圓存入金融機關，同年三月三日發行新日圓。當時因金融緊急措置令，公司行號支付的薪水上限為五百圓，超過的金額視同封鎖存款。封鎖存款每月限額提領，戶長限領三百圓，其他成員限領百圓。

他神不知鬼不覺地騙到了手。我們非常驚訝，也很為難。但木已成舟，我們除了吞忍別無他法，我們勸那女孩死心，悄悄將她送回父母身邊。我對大谷先生說：『我不會再多說些什麼，只求你以後別再來了。』沒想到他竟然脅迫我說：『你們暗地裡賣酒撈錢，還敢滿口仁義道德！你們幹了什麼，我全知道！』隔天晚上又若無其事地上門。或許是因為我們從大戰時就在做地下生意，遭到天譴，才會被這種跟怪物一樣的人纏上吧！可是今晚他幹了這麼惡劣的事，再也稱不上什麼詩人或作家了，他就是個小偷！他從我家偷走了五千圓！我們採購酒是很花錢的，平常家裡頂多只有五百或一千圓現金。我老實告訴妳，我們營業所得通常是右手進左手出，賺的錢馬上又得花在進貨上。今晚我們家裡之所以有五千圓鉅款，是因為年關將近，我挨家挨戶拜訪老顧客，好不容易才收到的。況且今晚就得把這筆錢拿去進貨，否則明年過完年就沒辦法繼續做生意了。這麼重要的一筆錢，我老婆在三坪大的房間裡清點完畢後，把錢收進櫥櫃的抽屜裡，大谷先生坐在泥土地區域的椅子上獨酌時似乎瞧見了這一幕，便突然起身衝進房裡，不發一語地推開我老婆、打開抽屜，一把抓起那疊五千圓紙鈔塞進雙層披肩外套的口袋裡，趁我們目瞪口呆之際，迅速跳下泥土地揚長而去。我大聲叫喊要他站住，並和老婆一起追了上去。我本來想大吼『抓小偷！』好吸引過路的行人一起抓他，但一想到大谷先生畢竟跟我們認識這麼久了，那麼做對他太殘酷，才決定作罷。我們決定今晚無論如何都要跟著他，絕對不能跟丟了，等找到他的落腳處，再跟他好好談談，請他把錢還給我們，畢竟我們做的只是小本生意。我們夫妻倆同心協力，終於在今晚找到了這個家，按捺著無法忍受的怒火，好聲好氣地勸他還錢。結果他竟然拿出刀子，說要捅死我們！豈有此理！」

聽完老闆的話，我又湧上一股莫名其妙的笑意，忍不住放聲大笑。老闆娘也紅著臉輕笑。雖然對不起老闆，但我就是忍不住發噱，覺得事情莫名其妙地可笑，就這樣笑個不停，甚至笑到流淚。我突然想起丈夫的詩句「文明盡頭的大笑」，或許就是指我現在這種心情吧。

這世上偶爾還是會出現奇蹟。

奇蹟はやはり、この世の中にも、ときたま、あらわれるものらしゅうございます。

二

但是，事情並非大笑一場就能解決的，當晚我幾番考量後，告訴他們我會設法處理這件事，請暫緩一天再報警，明天我會登門拜訪。我問清楚他們店鋪位於中野的地址後，硬是拜託他們答應我今晚到此為止，請他們先打道回府。他們離開後，我獨自坐在寒冷的三坪房間裡思索，但也想不出什麼好主意。我起身脫掉外套，鑽進兒子正在熟睡著的被窩，撫摸兒子的頭。心裡暗忖著，要是天永遠別亮該有多好。

我父親過去曾在淺草公園的瓢簞池[1]畔擺攤賣關東煮。母親早逝，我和父親相依為命住在大雜院裡，也一起擺攤。丈夫當時經常光顧我們的攤位，日子久了，我開始瞞著父親和他約會，後來懷了兒子，經過一番波折，我形式上成了他的妻子。但因為並未登記，兒子就成了私生子。他只要一出門就三、四個晚上不回家，不，有時甚至長達一個月都不回來，不知道他都去哪裡做了什麼，每次回家時都喝得爛醉如泥，臉色蒼白，痛苦地喘著氣，有時默不吭聲地望著我，眼淚直流；有次還冷不防鑽進我的被窩，緊緊抱住我，全身顫抖地說：

「啊，不行了！我好怕，我真的好害怕！好可怕！救救我！」

丈夫睡著後仍不斷說著夢話發出呻吟，隔天早上變得失魂落魄、恍恍惚惚，又突然失去了蹤影，一走就是三、四天不回家。幸虧丈夫在出版社工作的兩、三位舊識，擔心我和孩子的生活沒有著落，不時會送點錢過來，我們才能活到今天免於餓死。

我昏昏沉沉，差點就睡著了，忽然睜開眼睛一看，發現早晨的陽光已透過遮雨窗的縫隙照射進來。我起身穿戴整齊後揹起兒子，走出家門。因為我實在無法繼續默默待在家裡了。

我漫無目的地走著，來到車站。在站前的小攤上買了糖給兒子吃，接著一時興起買了張前往吉祥寺的車票。我搭上電車，抓著吊環，漫不經心地看著懸掛在車廂上的海報，在上頭發現了丈夫的名字。那是一本雜誌的廣告，丈夫似乎在那本雜誌上以〈法蘭索瓦．維榮[2]〉為題，發表了一篇長篇論文。我看著法蘭索瓦．維榮的標題和

---

[1] 位於東京都臺東區淺草公園裡的池塘。戰後被填了起來，現在已不見池塘蹤影。

丈夫的名字，不知為何悲從中來，流下了眼淚，海報因為淚水變得模糊不清。

在吉祥寺下車後，我走向已經好幾年沒來過的井之頭公園。池畔的杉樹全被砍光了，似乎要開始什麼工程，光禿禿的土地莫名令人覺得淒涼，景色與以前截然不同。

我將兒子從背上放下，並肩坐在池畔破舊的長椅上，拿出從家裡帶來的芋頭給兒子吃。

「兒子，這池塘很漂亮吧？以前呢，這池塘裡有好多鯉魚和金魚喔！可是現在什麼都沒了！真沒意思！」

兒子不知在想什麼，嘴裡塞滿了芋頭，莫名其妙地咯咯大笑。雖然是自己的兒子，我仍不禁懷疑他是個傻子。

一直坐在池邊的長椅上也解決不了問題，因此我又揹起兒子晃回吉祥寺車站。在熱鬧攤商街逛了一圈後，在車站買了張前往中野的車票，心裡既無任何想法也毫無計畫，如著魔般被一股不可抗的力量牽引，搭上電車，在中野下車，依照昨天老闆告訴我的路走，終於找到那對夫妻的小餐館。

大門深鎖，我就繞到後面，從後門走進店裡。老闆不在，只有老闆娘獨自在打掃店裡。見到老闆娘的瞬間，我流利地撒起連自己也意想不到的謊話：

「老闆娘，我有辦法把錢全還清。不是今晚就是明天，總之我找到還錢的辦法了，請妳不用擔心。」

「哎呀，那可就太感謝了。」

老闆娘看起來雖然有點開心，但臉上依舊殘留著擔憂的影子。

「老闆娘，真的啦！一定會有人送錢過來的。在那之前，我就當人質留在這裡。這樣妳就放心了吧？錢送來之前，就讓我在店裡幫忙吧！」

我將兒子從背上放下來，讓他獨自在後頭三坪大的房間玩，自己則是馬不停蹄地忙進忙出。兒子本來就習慣了自己玩，一點也不礙事。加上他腦袋不好，也不怕生，對著老闆娘一直笑。我替老闆娘去領他們家的配給物資時，聽說兒子就拿著老闆娘給他的美國罐頭空罐當玩具敲打滾動，乖乖待在三坪大的房間裡玩耍。

② François Villon（一四三一～一四六三？）法國詩人。在百年戰爭後的混亂中，過著自由放蕩的生活。因戀愛爭端失手殺了人，遭宣處死刑，亡命天涯。為中世末期最傑出的抒情詩人，最著名的作品為一四六二年的詩集《遺言》。

中午，老闆帶了採購的魚和蔬菜回來。我一看見老闆，又立刻說了一次先前對老闆娘撒的謊。

老闆神情驚訝，出乎意外平靜地以教誨的口氣告訴我：

「咦？但是，夫人，錢這種東西，在親手握住之前，都不能相信喔！」

「不，我說得是真的。所以請你相信我吧！請再寬限我一天，再去報警，好不好？在那之前，我會在店裡幫忙的。」

「只要能拿回錢，什麼都好說。」老闆自言自語說道，「畢竟今年只剩下五、六天了。」

「是呀，所以，所以我……哎呀？客人來了。歡迎光臨！」我對三個一起走進店裡，看似手藝師傅般的客人微笑，然後小聲對老闆娘說：「老闆娘，不好意思。圍裙借我用一下。」

「哎呀，你們雇了一個美女啊！她可真漂亮！」

其中一位客人說。

「你可別勾引她啊！」老闆以不像在開玩笑的語氣說，「她可是身價不菲喔！」

「價值百萬美元的名馬嗎？」

另一位客人開著低俗的玩笑。

「再名貴的馬，母的也只值一半。」

我邊溫著酒，邊不甘示弱地用同樣低俗的話回他。

「別那麼謙虛嘛！今後的日本，不管是馬還是狗，都是男女平等了！」最年輕的客人大吼說道，「小姐，我愛上妳了！一見鍾情！不過，妳是不是有孩子了？」

「沒有。」老闆娘抱著兒子從裡面出來，「這是我們從親戚那裡領養來的小孩。我們終於後繼有人了！」

「也有錢囉！」

其中一個客人調侃回應。

「還有女色跟欠款。」老闆正經八百地低聲呢喃，接著突然改變語氣詢問客人：「三位要吃什麼？我幫你們煮個什錦火鍋吧？」

我這時明白了一件事。心想果然沒錯，我自行點了點頭，表面上不動聲色，將酒瓶端給客人。

那天正好是平安夜，或許是這個緣故，客人絡繹不絕。我從一早就幾乎什麼也沒吃，但或許是心事重重，即使老闆娘叫我吃點東西，我也說很飽。像身上穿著仙女羽衣般身輕如燕地幹活；這麼說或許是自我陶醉，但那天店裡彷彿充滿異樣的活力，問我名字、要和我握手的客人可不止兩、三個。

但是，那又如何？我仍然不知道該如何是好。我只能傻笑，配合客人開的下流玩笑，回以更低俗的笑話，穿梭在客人之間為他們斟酒。只希望自己可以像冰淇淋一樣融化消失就好了。

這世上偶爾還是會出現奇蹟。

大約剛過九點吧。一個頭戴紙製聖誕節三角帽，像羅蘋③一樣以黑色面具遮蓋住臉上半部的男人，和一位年約三十四、五，身材苗條、容貌秀麗的婦人，一起出現在店裡。男人背對我們，坐在泥土地角落的椅子上。那男人一走進店裡，我立刻就認出他是誰了。他就是我的小偷丈夫。

他似乎沒注意到我，我也假裝不知道，照樣和其他客人嬉笑打鬧。那位婦人坐在丈夫對面，叫了一聲：

「小姐，過來一下。」

「好。」

我回答，走向兩人的桌子。

「歡迎光臨，兩位要喝酒嗎？」

此時，丈夫從面具底下看見我，驚訝不已。我輕輕撫摸他的肩膀說：

「這時候該說『聖誕節快樂』？還是怎麼說呢？你看起來還能再喝下一升酒吧？」

婦人沒理會我說的話，她一臉正經地對我說：

「小姐，不好意思，我有些事想跟老闆私底下談談，妳可以請老闆過來嗎？」

我走向正在後面炸東西的老闆，告訴他：

「大谷來了。請你過去見他。不過，請別將我的事告訴那位同行的女人。因為我不想讓大谷丟臉。」

---

③亞森・羅蘋。法國小說家莫理斯・盧布朗 Maurice Leblanc（一八六四～一九四一）筆下偵探小說中的怪盜紳士。

「他終於來了啊！」

老闆雖然對我撒的謊半信半疑，但似乎還是相當信任我，他似乎單純地覺得丈夫過來，也是我特意安排的。

「請你別說出我的事喔！」我再次提醒他。

「既然妳覺得那樣比較好，我就不說了。」

老闆爽快地答應了我的請求，往泥土地區域走了出去。

老闆環視了坐在泥土地區域的客人後，筆直走向丈夫所在的那一桌，和那位漂亮的婦人聊了兩、三句之後，三人一起走出店外。

我突然毫無由來地深信沒事了，一切都解決了。心中開心不已，不禁一把抓住一位身穿藏青色白點花紋和服、年紀還不滿二十歲的年輕客人手腕說：

「喝吧！盡量喝！因為是聖誕節嘛！」

即使『人非人』又如何？
只要我們活著就好了。

人非人でもいいじゃないの。
私たちは、生きていさえすればいいのよ。

三

短短三十分鐘，不，說不定更快，快得令人起疑，老闆獨自回來了。老闆走近我身邊說：

「夫人，謝謝妳的幫忙。他把錢還給我了。」

「是嗎？太好了！全部嗎？」

老闆露出不自然的微笑。

「只有昨天的那筆錢。」

「那麼到現在為止，他總共欠了你多少錢？告訴我大概的金額，請你盡量算便宜一點。」

「兩萬圓。」

「這樣就好了嗎？」

「我可是算妳很便宜了。」

「那筆錢，我會還你的。老闆，從明天開始，讓我在這裡工作吧？拜託，就這麼辦吧！我用工作來抵債。」

「什麼？夫人，沒想到妳跟『阿輕』[1]真像啊！」

我們一同笑出聲來。

當晚十點多，我離開中野的店，揹著兒子回到小金井家中。丈夫果然還是沒回家，但是我無所謂。反正明天去店裡，或許又能碰見丈夫。我以前怎麼沒想到這麼好的辦法呢？到昨天為止，我受的苦都是因為我腦袋不靈光，沒想這個好法子。我以前在淺草父親的攤子上幫忙時，招呼客人可是一點也不笨拙；以後在中野的店一定也能表現得很好。好比今晚，我就收到了將近五百圓的小費。

據老闆所說，丈夫昨晚離開後住在某個友人家，今天一早就突襲那個漂亮婦人在京橋經營的酒吧，一大早就喝起威士忌，然後還胡亂發錢給在酒吧裡工作的五個女孩，說是聖誕節禮物。中午叫了一輛計程車不知去了哪裡，不久後拿著聖誕節三角帽、面具、裝飾蛋糕和火雞回來，又四處打電話呼朋引伴，開了一場盛大的宴會。因為他平時總是身無分文，今天出手卻如此闊綽，讓酒吧媽媽桑起了疑心悄悄問了一下，結果丈夫也安之若素地將昨晚發生的事一五一十全盤托出。媽媽桑從以前就和大谷走得很近，苦口婆心地勸他：「要是事情鬧上警察局就不好了，這筆錢一定得還！」媽媽桑決定先替丈夫還錢，便叫丈夫帶路來到中野的店。中野的老闆對我說：「事情大致就是這樣。不過，夫人，妳這主意真好啊！是妳拜託了大谷先生的朋友嗎？」

聽他的語氣，似乎真的以為我早就料到事情會變成這樣，所以搶先一步來這家店等著。我笑了一笑，只回答他：

「當然是啊！」

從第二天起，我的生活變得與以往截然不同，每天都令人雀躍不已。我立刻上美髮店做頭髮，也買齊了化妝品，並重新縫製和服，又從老闆娘那裡收到兩雙新的白布襪。感覺長期以來堆積在心裡的鬱悶全一掃而空。

①阿輕為《假名手本忠臣藏》（淨琉璃、歌舞伎的劇目）中的人物。山崎（現在的京都南部）與市兵衛之女，早野勘平之妻。賣身給京都祇園的一力樓，在那裡發現了由良之助的密函。兄長平右衛門殺了阿輕以謝罪，由良之助感念其忠誠，特許平右衛門加入其陣營。

我早上起來，和兒子吃完早餐，做好便當，揹著兒子去中野上班。除夕和新年是餐館最忙碌的時期，在店裡大家都叫我「椿屋的阿幸」，這個阿幸每天都忙得團團轉。丈夫每兩天就會來喝一次酒，喝完就不見蹤影，酒錢都讓我付。經常到了深夜，他又會偷偷在店門外張望，悄悄問我：

「要不要回家了？」

我點頭，收拾東西準備離開，一起踏上愉快的歸途。

「我們為什麼不一開始就這麼做呢？我覺得好幸福呢！」

「女人沒什麼幸福或不幸福可言。」

「是嗎？聽你這麼一說，我也這麼覺得呢！那男人呢？」

「男人只有不幸。總是時時刻刻在對抗恐懼。」

「我不懂你所說的。但是，我希望一直維持這樣的生活。椿屋的老闆和老闆娘都是很好的人。」

「因為他們是傻子，是鄉巴佬啊！妳別看他們那樣，其實他們很貪心的。他們讓我喝酒，還不是想賺我的錢！」

「做生意嘛，當然想賺錢啊。不過，不止這件事吧？你以前勾引過那個老闆娘吧？」

「都是以前的事了。怎樣？老闆發現了嗎？」

「他似乎全都知道呢！他之前還曾嘆氣說你既喜歡亂搞女色，又欠債不還。」

「我這麼說似乎很矯情，但我其實很想死。打從我出生開始，就只想著要尋死。我相信，為了大家，我還是死了比較好。但是我卻怎麼也死不了。彷彿有個奇怪又可怕的神祇，在阻止我尋死。」

「因為你還有工作要做。」

「工作根本算不上什麼。我寫的那些詩詞，既非傑作也不拙劣。只要人家說好就會變好，人家說差勁就會變差勁。就好比呼氣和吸氣一樣。可怕的是，這世上的確有神祇存在。對吧？」

「咦？」

「這世上有神，對吧？」

「我也不知道。」

「這樣啊。」

我去椿屋工作了十天、二十天後，發現來喝酒的客人清一色都是犯罪者。丈夫都還算輕微的了。不止店裡的客人，我甚至覺得連路人一定也隱藏著什麼不可告人的罪行。有一位雍容華貴、年過半百的夫人來椿屋後門兜售酒。她喊價一升三百圓。按現在的行情來算，這價格相當便宜，因此老闆娘立刻就買下了，沒想到竟是摻了水的酒。就連如此高尚的夫人，也會幹下這樣的勾當，世風日下，想一輩子活得清清白白是不可能的。這世上的道德，有可能像玩撲克牌一樣，集滿所有負牌，就負負得正變成正牌嗎？

如果真有神祇存在，就請祢出來吧！我在年節的尾聲，被店裡的客人給玷汙了。

那天夜裡下著雨。丈夫並未出現，但是丈夫出版社的老朋友，就是偶爾會送些生活費給我的矢島先生，和一位年紀與矢島先生相仿、大概四十歲左右的人一起來到店裡，那個人似乎同樣從事出版業。他們倆邊喝酒邊半開玩笑地高聲談論起，如果大谷的老婆在這種地方工作究竟會是如何？我笑著問他們：

「你們說的那位太太，現在人在哪裡？」

矢島先生說：

「我也不知道她在哪裡。不過至少比椿屋阿幸妳更有氣質又漂亮吧！」

「真讓人嫉妒呢！要是可以跟大谷先生那樣的人共度春宵，就算只有一晚我也願意。我就喜歡他那種狡猾的男人。」

「我就說吧！」

矢島先生將臉轉向同行的人，板起臉來。

這時候，曾和丈夫一起過來的記者，都知道我就是詩人大谷的妻子了。還有些好奇的人從記者那裡聽到傳聞，特意前來調戲我。店裡因此變得越來越熱鬧，老闆的心情也越來越好。

那天晚上，矢島先生等人要和黑市商人買賣紙張，十點多就離開了。因為今晚下著雨，我覺得丈夫不會出現了，雖然店裡還有一個客人，我也開始收拾東西準備回家。我抱起睡在後面三坪大房間角落的兒子揹在背上，低聲拜託老闆娘：

「又要跟妳借把傘了。」

「我有傘。我送妳回去吧！」

唯一留在店裡那位年紀約二十五、六歲，身材瘦小、看似工人的客人，一臉認真地站了起來。今晚是我第一次在店裡見到他。

「謝謝，不麻煩你。我習慣一個人走路回家了。」

「不，我知道妳家很遠。我也住在小金井附近。我送妳回去吧！老闆娘，算帳！」

他在店裡只喝了三瓶，好像並沒有那麼醉。

我們一起搭乘電車，在小金井下車，一起撐傘並肩走在雨中昏黑的路上。那個年輕人原本幾乎默不吭聲，此時忽然開始說起話來：

「我知道妳是誰。我是大谷老師的詩迷。我也在寫詩，希望有天能請大谷老師看看我的創作。只不過，我很怕大谷老師。」

我到家了。

「謝謝你。改天店裡再見！」

「好的，再見。」

年輕人在雨中踏上歸途。

深夜，我被大門拉開的聲音吵醒，以為又是酩酊大醉的丈夫回來了，便默不吭聲繼續躺著。沒想到卻傳來一個男人的聲音：

「有人在家嗎？大谷夫人，妳在家嗎？」

我起身打開電燈，走到大門一看，原來是剛才的年輕人。他腳步踉蹌，幾乎站不直。

「夫人，不好意思。我剛才回去路上，又在小攤喝了一杯。其實我家在立川，到車站時已經沒車了。夫人，拜託妳。請妳讓我借住一晚吧！我不需要棉被之類的。讓我睡在門口的臺階上就好了。明天第一班車發車前，請讓我在這裡打個盹。要不是下雨，我就隨便找戶人家屋簷下睡了。可是雨這麼大，實在沒辦法。拜託妳了！」

「我丈夫不在家，如果你不介意睡門口臺階的話，就請便吧！」

說完後，我拿了兩張破舊的坐墊到門口給他。

「不好意思，啊啊，我真的醉了。」

他難受地低聲說道，便直接躺在門口的臺階上。我回到寢室時，已聽到他響亮的鼾聲。

第二天，天才剛亮，我冷不防落入了那個男人的魔掌。

那天，我表面上佯裝若無其事，照樣揹著兒子去店裡工作。

丈夫坐在中野那家店泥土地區域的椅子上，桌上放著一杯酒，獨自看著報紙。上午的陽光照射在酒杯上，光影交錯，甚為迷人。

「其他人都不在嗎？」

丈夫回頭看著我說：

「嗯。老闆去進貨，還沒回來；老闆娘剛剛好像還在後門，妳沒看見她嗎？」

「你昨晚沒有來嗎？」

「來了。我這陣子如果沒有見到椿屋的阿幸，就睡不著呢！我昨晚十點多過來看了一下，可是他們說妳剛剛走了。」

「所以呢？」

「我就在這裡住了一晚。因為雨實在下得太大了。」

「以後，我乾脆也一直住在店裡好了。」

「那也不錯。」

「那我就搬過來了。反正，那間房子再租下去也沒意義。」

丈夫沉默不語，又注視著報紙。

「真是的，上頭又在寫我的壞話了。說我是享樂主義的假貴族。這傢伙錯了！應該說我是畏懼神祇的享樂主義者才對。阿幸妳看，這裡寫說我『人非人』。不對吧？事到如今，我可以告訴妳，其實去年年底，我從這裡拿走五千圓，無非是想讓妳和兒子難得過一個好年。就因為我還是個人，所以才會做出那種事啊！」

我聽了並不感到特別高興，只說：

「即使『人非人』又如何？只要我們活著就好了。」

日本無賴派掌門人
太宰治年表

我堅信人類是為了戀愛和革命而出生的。

出生

一九〇九年六月十九日，出生於青森縣北津輕郡金木村大字朝日山四百十四番地（今五所川原市），父親為地方知名仕紳源右衛門，是家中的第十子與六男，取名為津島修治。

3歲

一九一二年，父親源右衛門當選眾議院議員，當地的人都稱源右衛門為「金木的大老爺」，此時也是津島家最強盛的時期。

7歲

一九一六年，四月，進入金木第一尋常小學就讀。

13歲

一九二二年，從金木第一尋常小學畢業，學業成績皆為甲等，只有操行得到乙等。

14歲

一九二三年，三月，父親過世。進入縣立青森中學（今青森高中）就讀，英文作文成績相當優秀。

16歲

一九二五年，三月，在校友會會刊上發表〈最後的太閣〉，為其首次發表的作品。八月，與同學共同發行同人誌《星座》。十一月，與一起鑽研文學的友人共同發行同人誌《蜃氣樓》。

18歲

一九二七年，報考第一高等學校（今東京大學教養學院）失利，遂進入弘前高等學校（今弘前大學）文科甲類（英語學系）就讀。五月，在青森市聽了芥川龍之介的演講，題目為「夏目漱石」。七月，收到芥川龍之介服安眠藥自殺的消息，受到相當大的衝擊。

19歲

一九二八年，創辦同人雜誌《細胞文藝》，並獲得井伏鱒二與船橋勝一等人的原稿。以筆名辻島眾二發表小說〈無間奈落〉。

21歲

一九三〇年，在完全不懂法文的情況下，進入東京帝國大學法文系就讀，師從景仰已久的作家井伏鱒二。與在銀座擔任服務生的女子田部志免子，在鎌倉七里濱小動崎跳海殉情，因女子身亡而以幫助自殺罪被起訴，在兄長文治的奔走協助下獲得緩刑處分。

22歲

一九三一年，與小山初代於品川區的五反田共同生活。

23歲

一九三二年，於青森警察署自首曾參與左派運動，並接受調查，後來再次前往青森檢察署自首，從此脫離左派運動。

24歲

一九三三年，在《東奧日報》副刊《Sunday 東奧》中首次以「太宰治」為筆名發表了文章〈列車〉，得到乙種創作獎入圍，獲得五圓獎金。

25歲

一九三四年，發表〈猿面冠者〉。與許多同好共同創辦同人誌《青花》，創刊號出刊後即告廢刊。

26歲

一九三五年，在《文藝》雜誌上發表〈逆行〉，並成為第一屆芥川獎候補作品。因未能進入「都新聞社」而企圖在鎌倉山中自殺未遂。同年師事於佐藤春夫。

27歲

一九三六年，第一本短篇創作集《晚年》發行。在井伏鱒二勸說下，進入武藏野醫院治療之前生病時得到的慢性麻藥鎮痛劑中毒。

28歲

一九三七年，得知小山初代與他人私通，兩人企圖殉情，未遂，隨後兩人分手。

29歲

一九三八年，在井伏鱒二作媒下，與石原美知子訂婚。在《文筆》雜誌發表短篇作品〈滿願〉。

30歲

一九三九年，與石原美知子結婚，生活漸趨穩定，進入穩定創作期。在《若草》雜誌發表〈葉櫻與魔笛〉。短篇集《女學生》發行。在《文學者》雜誌發表短篇〈畜犬談〉。九月，與妻子移居三鷹。

31歲

一九四〇年，四月，短篇集《皮膚與心》發行，其中收錄了〈葉櫻與魔笛〉、〈八十八夜〉、〈畜犬談〉、〈皮膚與心〉等作品。六月，短篇集《女人的決鬥》發行，其中收錄了〈女人的決鬥〉、〈越級申訴〉、〈跑吧，梅洛斯！〉、〈春天的盜賊〉、〈古典風〉等作品。

32歲

一九四一年，長女園子誕生。太田靜子與友人初次拜訪太宰治。之後太宰治頻頻以電報約太田靜子見面約會，兩人陷入戀愛。同年，太宰治收到徵召令，但因肺浸潤宿疾免疫。

33歲

一九四二年，母親過世，享壽六十九歲，獨自回老家奔喪。

34歲

一九四三年，短篇小說〈黃村先生言行錄〉於《文學界》雜誌發表。短篇小說集《富嶽百景》發行。
同年，太田靜子與母親疏散至下曾我村的「大雄山莊」。

35歲

一九四四年，長男正樹出生。完成作品《津輕》，小山初代於中國青島病逝。同年一月，太宰治拜訪大雄山莊，與太田靜子見面。

36歲

一九四五年，因東京空襲越趨激烈，與妻子過著逃難生活，先回到妻子的老家甲府，後又回到青森縣津輕的老家。同年，完成《御伽草紙》。

37歲

一九四六年，兄長文治在戰後首次眾議院議員選舉中勝出。積極接受邀約，出席各種座談會。與妻子回到三鷹的舊居，開始構思《斜陽》的架構。此時，太田靜子開始將自己與母親在大雄山莊的生活寫成日記。

38歲

一九四七年，完成《維榮之妻》、《斜陽》。次女里子（津島佑子）出生。同年一月，太田靜子拜訪太宰治位於三鷹的工作室。太宰治要求靜子提供日記作為《斜陽》的題材。靜子回覆，只要太宰治到下曾我村的大雄山莊拜訪自己，就將日記給他。二月，太宰治到下曾我拜訪太田靜子。五月，靜子與弟弟太田通一起前往三鷹告知太宰治自己確定懷孕一事，卻遭到對方冷淡疏離的對待。十一月，靜子生下太宰治的女兒，太宰治為靜子的女兒命名「治子」。

39歲

一九四八年，發表《人間失格》。六月十三日，與情婦山崎富榮於玉川上水（位於今日的東京三鷹市）投水自盡。六月十九日，太宰治的遺體於玉川上水下游被人發現。

野人文化
讀者回函卡

書號：ONGW0108

姓　名　　　　　　　　　　　　　□女 □男　生日

地　址

電　話 公　　　　　　宅　　　　　　手機

Email

學　歷 □國中（含以下）□高中職　□大專　□研究所以上

職　業 □生產／製造 □金融／商業 □傳播／廣告 □軍警／公務員
□教育／文化 □旅遊／運輸 □醫療／保健 □仲介／服務
□學生 □自由／家管 □其他

◆你從何處知道此書？

□書店 □書訊 □書評 □報紙 □廣播 □電視 □網路
□廣告DM □親友介紹 □其他

◆你通常以何種方式購書？

□逛書店 □網路 □郵購 □劃撥 □信用卡傳真 □其他

◆你的閱讀習慣：

□百科 □生態 □文學 □藝術 □社會科學 □地理地圖
□民俗采風 □休閒生活 □圖鑑 □歷史 □建築 □傳記
□自然科學 □戲劇舞蹈 □宗教哲學 □其他

◆你對本書的評價：（請填代號，1. 非常滿意　2. 滿意　3. 尚可　4. 待改進）

書名_____封面設計_____版面編排_____印刷_____內容_____
整體評價_____

◆你對本書的建議：

廣 告 回 函
板橋郵政管理局登記證
板 橋 廣 字 第 143 號

郵資已付　免貼郵票

野人

231
新北市新店區民權路108-2號9樓
野人文化股份有限公司　收

請沿線撕下對折寄回

野人

書號：0NGW0108

好野人部落格
http://yeren.pixnet.net/blog

野人文化粉絲專頁
http://www.facebook.com/yerenpublish